Patricia Schröder

Lilly – Total verrückt und auch ganz anders

cbj

DIE AUTORIN

Patricia Schröder, 1960 im Weserland geboren, wuchs in Düsseldorf auf, studierte Textildesign und arbeitete einige Jahre in diesem Beruf. Als ihre Kinder zur Welt kamen, zog sie in den Norden zurück. Dort ließ sie sich mit ihrer Familie und einer Handvoll Tieren auf einer kleinen Warft nieder und fing an, sich Geschichten auszudenken. Patricia Schröder liegt besonders die Leseförderung am Herzen.

Von Patricia Schröder ist bei cbj erschienen:

Lilly – Lampenfieber und kein bisschen leise (Band 2, 15848)
Lilly – Voll verknallt und ziemlich crazy (Band 3, 17179)
Philippas verkehrte Welt (22532)
Plötzlich Zwilling (22119)
Eine Ginie zum Verlieben (eBook) (14152)

Patricia Schröder

Lilly

Total verrückt und auch ganz anders

Band 1

cbj

cbj

Kinder- und Jugendbuchverlag
in der Verlagsgruppe Random House

MIX
Papier aus verantwortungsvollen Quellen
FSC® C014496
FSC www.fsc.org

Verlagsgruppe Random House FSC® N001967

2. Auflage
Erstmals als cbj Taschenbuch Februar 2016

Lektorat: Maren Jessen
Umschlagbild und Vignetten: Dagmar Henze
Umschlaggestaltung: basic-book-design, Karl Müller-Bussdorf
Cl · Herstellung: ReD
Satz: KompetenzCenter, Mönchengladbach
Druck: GGP Media GmbH, Pößneck
ISBN: 978-3-570-22583-7
Printed in Germany

www.cbj-verlag.de

Schlaue Sprüche und andere Marotten

»Mann, was für eine Hitze!«, stöhne ich. »Noch fünf Minuten und die Sonne brennt mir ein Loch in die Schädeldecke und bringt mein Gehirn zum Schmelzen.«

Blümchen, die eigentlich Kamilla heißt und in der dritten Reihe neben mir direkt am Fenster sitzt, stöhnt ebenfalls. Ihr glattes blondes Haar schimmert wie flüssiges Gold und leuchtet mit ihren knallrot glänzenden Glühwangen um die Wette.

»Meins auch«, erwidert sie schlapp. »Also, bitte mach was, Lilly Wunderbar!«

Diesen Spruch bringt Blümchen jedes Mal, wenn sie nicht weiterweiß. Tja, was soll ich dazu sagen? Ich heiße zwar Wunderbar, Wunder vollbringen kann ich deshalb aber noch lange nicht.

Leise kichernd stelle ich mir vor, wie unsere zu Sirup gewordenen Gehirne behäbig auf unsere Mathebücher hinuntertropfen und die Aufgaben unleserlich machen.

»Pssst!« Herr Unwecht – alias Mister Ungerecht – legt den Finger an seine bleistiftschmalen Lippen und sieht mahnend zu uns herüber. »Ein bisschen Konzentra...«

In diesem Augenblick ertönt der Schlussgong.

Jannik und Björn-Dakota springen sofort auf. »Juhuuu, Hitzefrei!«, jubeln sie, stopfen die Mathesachen in ihre Rucksäcke und stürmen zur Tür.

»Mooooment!«, hält Herr Unwecht sie zurück. »Bitte notiert euch noch die Hausaufgaben.« Er nimmt ein Kreidestück aus der Ablage und schreibt in seiner typischen superordentlichen Schrift

S. 73 Nr. 2, 3, 5a-g
S. 74 Nr. 11

an die Tafel.

»Aber wir haben Hitzefrei!«, protestiert Ole.

Er hat eine fürchterlich piepsige Mädchenstimme, die noch piepsiger wird, wenn er sich aufregt.

»Eben«, erwidert Herr Unwecht und macht seinem Spitznamen mal wieder alle Ehre. »Die Unterrichtsstunden wurden wegen des herrlichen Wetters jeweils um 10 Minuten gekürzt und das bedeutet natürlich 10 Minuten mehr Hausarbeit.«

»Aber die anderen Lehrer haben uns gar nix aufgegeben!«, argumentiert Lena.

Herr Unwecht zuckt mit den Schultern. »Bin ich die anderen Lehrer?«

»Nee, Sie sind ungerecht«, knurrt Björn-Dakota und funkelt unseren Mathelehrer aus seinen leicht schräg gestellten schwarzen Augen zornig an.

»Genau!«, ruft Jannik und deutet zur Tafel. »Wir

haben doch sowieso bald Sommerferien. Außerdem kann man das da überhaupt nicht lesen.«

Blümchen tippt sich an die Stirn und ich kann ihr nur zustimmen. Wenn etwas wirklich gut lesbar ist, dann sind es die Zahlen und Zeichen unseres Mathelehrers. Diese ultraschlauen Sprüche der Jungs gehen mir ziemlich auf den Geist und leider spielt Herr Unwecht deren blödes Spielchen wieder einmal mit.

»Tatsächlich?«, fragt er ungläubig, tritt ein paar Schritte zurück und betrachtet eingehend die Tafel. Nach einer Weile kneift er die Augen zusammen und reibt sich nachdenklich über die Stirn. »Hm ... nun ja ... also ... dann müssen wir wohl ...« Entschlossen greift unser Mathelehrer nach dem Tuch und wischt die Aufgaben wieder weg.

»Mann ey!«, beschwert sich Niklas. »Ich war doch noch gar nicht fertig.« Er pfeffert seinen Kuli auf den Tisch und guckt sich genervt in der Klasse um.

»Streber«, sagt Jannik, und Björn-Dakota drückt die Klinke herunter. Die Tür öffnet sich und Björn-Dakota verschwindet im Zeitlupentempo in den Gang hinaus.

»Stopp! Hiergeblieben!«, donnert Herr Unwecht. »Noch sind wir nicht fertig.«

»Ich krieg gleich die Krätze.« Blümchen verdreht die Augen. »Wenn diese Blödhammel so weitermachen, bleibt von den 10 Minuten Mathehitzefrei nicht eine einzige Sekunde übrig.«

»Das ist nicht mein Problem«, sagt Mister Ungerecht und schreibt die gesamte Aufgabenstellung nun noch einmal an die Tafel.

S. 73 Nr. 2, 3, 5a-g
S. 74 Nr. 11

»Sehr witzig«, brumme ich, stehe von meinem Stuhl auf und werfe mir meinen Rucksack über die Schulter. »Ich hab die Aufgaben schon notiert. Kann ich jetzt gehen?«

Blümchen streicht sich eine nass geschwitzte Strähne aus der Stirn und erhebt sich ebenfalls.

Herr Unwecht schürzt die Lippen. »Das ist nicht witzig«, entgegnet er. »Im Gegenteil: Das ist mein voller Ernst.«

»Doch leider keine Antwort auf meine Frage«, sage ich leise und lehne mich seufzend gegen den Tisch hinter mir.

»Sie dürfen uns hier nicht festhalten«, quiekt Ole und springt wie ein Flummi auf und ab. Er ist der Kleinste in unserer Klasse und würde eigentlich kaum auffallen, wenn er nicht so ein Klugscheißer wäre und diese piepsige Stimme hätte.

»Halt bloß die Klappe«, zischt Björn-Dakota, der die Klassentür inzwischen wieder geschlossen hat. Er steckt sich die Finger in die Ohren und verzieht schmerzvoll das Gesicht. »Oder ich tacker dir den Mund zu.«

»Oh, du bist also nicht zufrieden mit dem Umfang der Hausarbeit?«, erwidert Herr Unwecht. »Dann schlage ich vor, dass du zusätzlich noch die Nummer 12 machst.«

»Wer? Ich?« Björn-Dakota zeigt auf seine Brust. Seine Birne glüht mindestens ebenso rot wie die Wangen von

Blümchen. Er sieht aus, als würde er jede Sekunde explodieren.

Herr Unwecht nickt. »Ich bitte darum.«

»Aber das ist voll die Strafarbeit!«, beschwert sich Björn-Dakota.

»Das kannst du sehen, wie du willst«, gibt unser Mathelehrer schulterzuckend zurück, »schließlich herrscht in unserem Land Interpretationsfreiheit.«

»Trotzdem«, jammert Björn-Dakota nun. »Es ist viel zu heiß heute, um sooo viele Matheaufgaben zu lösen.« Offenbar hat er endlich kapiert, dass er mit seinem Gemecker nicht weiterkommt, und probiert es jetzt mit der Mitleidsschiene.

»Dann heul doch«, höre ich Kristina murmeln.

Sie und ihre beiden Pissnelkenfeundinnen Marie und Annabelle sitzen direkt hinter Blümchen und mir. Alle drei haben blaue Augen und blonde Haare, die ihnen bis zur Taille reichen und pfundweise mit Glitzerspangen verziert – oder besser gesagt verunstaltet – sind. Außerdem tragen sie immer die gleichen Klamotten. Heute sind es knallgelbe Jeans, pinkfarbene Tops mit winzigen weißen Kätzchen drauf und lila Lackballerinas. Blümchen und ich bemühen uns, die drei möglichst selten, und dann auch immer nur ganz kurz anzusehen, damit wir keinen Gehirnschaden davontragen.

Herr Unwecht schaut zu uns herüber. »Was sagtest du, Kristina?«

»Ach, nix«, antwortet sie. Kleine Pause. Dann: »... Bloß, dass BD sich nicht so anstellen soll. Das sind doch hammer die wenigen Aufgaben. Bella, Marie und ich machen Nummer 12 jedenfalls total gerne noch zusätzlich extra.«

Blümchen und ich sehen uns nur an.

»Das ist nicht nötig«, sagt unser Mathelehrer. »Aber vielleicht hast du recht. Es ist ja wirklich ziemlich heiß heute.« Er wendet sich wieder Björn-Dakota zu. »Wenn du dich also mit der Nummer 12 überfordert fühlen solltest, darfst du wahlweise auch einen Aufsatz darüber schreiben, welche Gründe deiner Ansicht nach dagegen sprechen, seinen Mitschülern den Mund oder andere Körperöffnungen zuzutackern.«

»Hahaha!«, lacht Niklas los und schmeißt sich vor Vergnügen fast unter den Tisch. »Andere Körperöffnungen ... hahaha!«

»Was du schon wieder denkst!«, ruft Marie.

»Ja, was denn?«, feixt Niklas. »Hast du etwa mehr als zwei Körperöffnungen?«

»Worauf du einen lassen kannst«, schnauft Marie.

Die halbe Klasse fängt an zu lachen – sogar Björn-Dakota –, während Niklas nun ebenfalls knallrot anläuft.

»Dasselbe hoffe ich übrigens von dir«, sagt Herr Unwecht zu ihm. Er tippt auf seine Nase und dann auf seine Ohren. »Bei Letzteren bin ich mir allerdings manchmal nicht so sicher.«

»Typisch Lehrerspruch«, trompetet Jannik, woraufhin er ebenfalls die Nummer 12 aufgebrummt bekommt.

»Zugegeben: Sie ist ganz schön kniffelig«, meint Herr

Unwecht und deutet mit zwei gespreizten Fingern auf ihn und Björn-Dakota. »Aber wenn ihr zwei eure grauen Zellen zusammenschmeißt, lässt sie sich ja vielleicht sogar lösen.«

»Na, das wird schön was werden«, raunt Blümchen mir zu.

Ich nicke und werfe einen Blick durchs Fenster auf den Schulhof hinaus. Die meisten Schüler scheinen das Gebäude bereits verlassen zu haben. Nur ein paar einzelne kleinere Gruppen schlendern noch gemächlich über das Gelände in Richtung Fahrradständer, Bus- oder U-Bahn-Haltestelle.

»Habt ihr inzwischen alle die Aufgaben abgeschrieben?«, fragt Herr Unwecht.

»Jaaa!«, hallt es durch den Klassenraum.

Jannik und Björn-Dakota brüllen am lautesten. Dabei standen die beiden die ganze Zeit über mit gepackten Rucksäcken an der Tür und haben sich garantiert nichts notiert. Aber das ist nicht mein Problem. Ich will jetzt nur noch raus hier.

Auf dem Weg zu unseren Fahrrädern machen wir rasch einen Abstecher aufs Mädchenklo, weil Blümchen unbedingt noch ihre Glühwangen kühlen will, bevor sie der Menschheit unter die Augen tritt. – Eine Fehlentscheidung, wie sich gleich, nachdem wir die Tür zum Vorraum geöffnet haben, herausstellt, denn eines der Waschbecken wird von den Pissnelken belagert. Dicht aneinandergedrängt wie siamesische Drillinge hängen sie vor dem Spiegel und begutachten ihre Nasen.

»Ich seh nix«, sagt Kristina.

»Ich auch nicht«, bestätigt Marie.

»Dann guckt jetzt mal genau hin«, erwidert Annabelle.

»Tun wir doch!«, rufen Kristina und Marie wie aus einem Mund.

Alle drei drücken sich am Rand des Waschbeckens ab, sodass ihre sechs Ballerinafüße in der Luft zappeln und ihre Nasenspitzen fast den Spiegel berühren.

Ich spüre Blümchens Hand an meinem Arm. Sie will mich auf den Gang zurückziehen, doch für eine heimliche Flucht ist es bereits zu spät.

»Was sucht ihr denn?«, rutscht es mir heraus.

Vor Schreck donnern die Pissnelken mit ihren Schläfen aneinander.

»Autsch!«, ruft Annabelle, die in der Mitte hängt und von beiden Seiten eine Kopfnuss verpasst bekommt. »Könnt ihr nicht aufpassen?«

»Is doch nicht unsere Schuld«, blafft Kristina.

»Genau«, knurrt Marie. Sie springt vom Waschbecken weg und baut sich vor Blümchen und mir auf. »Die da sind schuld, diese bescheuerten Ökotanten.« Sie funkelt uns zornig an. »Ständig rennen die uns hinterher!«

Na, das wüsste ich aber!

»Ich glaube, ihr habt euch ein paar eurer hübschen Glitzerspangen zu tief ins Gehirn gestochen«, sage ich und tippe mir an die Stirn.

»Könnt ihr uns nicht einfach mal in Ruhe lassen?«, faucht Annabelle. »Es geht euch nämlich gar nix an, was wir hier machen.«

»Stell dir vor, es interessiert uns auch nicht«, gebe ich genervt zurück.

»Und wieso frägst du dann so blöd?«, will Kristina wissen.

»Ich fräge nie«, erwidere ich und drehe den Wasserhahn am Becken neben mir auf.

»Ich verstehe nicht, warum du *überhaupt* mit denen redest«, sagt Blümchen kopfschüttelnd und steuert zielstrebig auf die Außentür gegenüber zu.

»Ähm ... wolltest du dir nicht die Birne kühlen?«, rufe ich ihr nach.

»Die Birne kühl'n?«, quietscht Marie, und jetzt ist ihre Stimme beinahe ebenso hoch wie die von Ole. »Als ob das irgendwas nützen würde!«

»Genau«, pflichtet Annabelle ihr höhnisch bei. »Kamillas Birne ist doch ein einziger riesengroßer Pickel.«

»Hihihi«, gackert Kristina los. »Den müsste man mal ausquetschen.«

»Hmmmhahaha!« Marie krümmt sich vor Lachen. »Das gäb vielleicht 'n Riesenfettfleck an der Wand.«

Unterdessen hat Blümchen die Außentür erreicht und verschwindet mit schnellen Schritten auf dem Schulhof.

»Warte!«, rufe ich, drehe den Wasserhahn zu und renne an den drei Pissnelken vorbei und meiner Freundin hinterher.

»Och, jetzt musst du sie wohl trösten«, spottet Marie.

»Die Arme!«, höhnt Annabelle.

»Kann eben nicht jede so hübsch sein wie wir, ne?«, sagt Kristina.

Ich könnte platzen vor Wut. Es ist nicht das erste Mal, dass die drei über meine beste Freundin herziehen. So etwas kann ich kaum aushalten, vor allem, weil Blümchen sich das immer sehr zu Herzen nimmt. Und in diesem Fall bin ich auch noch schuld daran.

Kurz bevor die Tür zuschnappt, schlüpfe ich durch den Spalt und rase wie eine Rakete in Richtung Fahrradständer. Als ich dort ankomme, will Blümchen gerade losbrausen. In buchstäblich letzter Sekunde erwische ich ihr Rad am Gepäckträger.

»Lass mich«, zischt sie und ruckelt am Lenker.

»Es ... tut ... mir ... leid«, japse ich. Dann verlassen mich die Kräfte. Der Gepäckträger gleitet durch meine Finger und ich sinke erschöpft auf die Knie hinunter. Blümchen nutzt ihre Chance und tritt kräftig in die Pedale. In null Komma nix verschwindet sie hinter der Mauer an der Bushaltestelle.

»Toll, Lilly«, murmele ich. »Das hast du wirklich super hingekriegt.«

Ich brauche ein paar Atemzüge, um meinen Pulsschlag wieder auf eine normale Frequenz zu bringen, und als ich mich gerade erheben will, ertönt die Stimme von Björn-Dakota hinter mir.

»Naaa, was verloren? Oder kriegst du zu Hause nichts zu futtern, dass du jetzt schon die heruntergefallenen Krümel von den Schulbroten aufsammeln musst?«

»Lass sie in Ruhe!«, höre ich Blümchen rufen, im nächsten Moment kommt neben mir ein Fahrrad mit quietschenden Reifen zum Stehen.

»Keine Panik.« Björn-Dakota hebt abwehrend die Hände und macht ein paar Schritte rückwärts. »Ich tu ihr ja nichts«

»Was machst du eigentlich noch hier?«, frage ich, während ich mich aufrappele. »Ich dachte, du bist längst über alle Berge.«

»Na ja ...« Meine Freundin grinst verschmitzt. »Ich konnte dich ja schlecht mit dieser Hyäne allein lassen.«

»Ähm, ich meinte eigentlich BD«, entgegne ich und blicke mich um, doch Björn-Dakota ist bereits außer Hörweite.

»Ach so«, sagt Blümchen und zuckt mit den Schultern.

Wir sehen uns an.

»Danke, dass du zurückgekommen bist«, sage ich schließlich ein bisschen verlegen.

Wieder zuckt Blümchen nur mit den Schultern. »War doch klar.«

»Überhaupt nicht.«

»Ach, komm schon«, erwidert sie, »ich weiß doch, dass dir das mit der Birne nur so rausgerutscht ist.«

»Ja, weil ich dumme Kuh nicht nachgedacht habe.«

Blümchen rollt ihr Fahrrad dicht an mich heran und schlingt mir einen Arm um den Hals. »Die Pissnelken sind mir einfach bloß total auf den Geist gegangen.«

»Glaubst du, mir nicht?« Ich drücke meiner Freundin

einen Kuss auf die Wange und werfe einen Blick zum Schulgebäude hinüber. »Lass uns lieber schnell verschwinden. Ich habe nämlich keine Lust, ihnen noch einmal über den Weg zu laufen.«

Blümchen zieht ihren Arm von meiner Schulter herunter. »Ja, wir könnten sonst von ihrer Schönheit geblendet werden und den Rest unseres Lebens mit einem Sehfehler durch die Gegend rennen.«

»Die Gefahr besteht wohl eher bei BD und Co«, sage ich und blicke dem kleinen zappelnden Punkt, der sich zu den Sportanlagen davonmacht, hinterher. »Ich frage mich wirklich, was der noch immer hier herumlungert. Er und Jannik waren doch die Ersten, die nach Hause wollten.«

»Das kann man nicht wissen«, gibt Blümchen zu bedenken. »Sicher ist nur, dass sie darauf erpicht waren, den Klassenraum so schnell wie möglich zu verlassen.«

Ich runzele die Stirn. »Um was zu tun?«

»Jemandem aufzulauern?«

Ich recke den Daumen hoch. »Sag ich doch: den Pissnelken.«

Blümchen nickt. »Und wenn schon«, meint sie und deutet auf den Fahrradunterstand. »Jetzt hol erst mal deinen Esel. Sonst schlagen wir hier noch Wurzeln.«

Als wir eine halbe Stunde später bei Oma Brille klingeln, macht uns niemand auf.

»Komisch«, sage ich und versuche einen Blick ins

Wohnzimmerfenster zu werfen, doch durch den schmalen Gardinenspalt ist rein gar nichts zu erkennen.

»Vielleicht ist es ihr entfallen, dass wir heute vorbeikommen wollten«, überlegt Blümchen.

»Unsinn«, erwidere ich. »Oma Brille ist doch nicht vergesslich!«

Ich krame den Schlüssel hervor, den ich für alle Fälle immer dabeihabe, und öffne die Haustür.

»Doppelt abgeschlossen«, murmele ich. »Also ist sie nicht da.«

Was in der Tat ziemlich merkwürdig ist.

Oma Brilles Border-Collie-Mischling, Herr Semmelfein, nimmt uns im Flur in Empfang. Schwanzwedelnd trottet er uns entgegen.

»Wo ist denn dein Frauchen?«, frage ich, knuddele ihn einmal kräftig und kraule ihn dabei zärtlich hinter den Ohren, was er besonders gernhat.

Danach ziehen Blümchen und ich uns die Sandalen aus und schauen als Erstes in der Küche nach.

Dort liegt ein Zettel auf dem Tisch.

Liebe Lilly,
leider ist mir etwas dazwischengekommen.
Im Kühlschrank steht Nudelsalat und Eis ist
im Gefrierfach. Bitte bedient Euch. Bis später.
Oma Brille

»Sag ich doch«, seufze ich erleichtert. »Vergesslich ist sie nicht.«

Blümchen und ich nehmen die Schüssel Nudelsalat und zwei Gabeln mit in den Garten hinaus, wo wir uns an unserem Lieblingsplatz unter dem Apfelbaum auf den Boden sinken lassen.

Herr Semmelfein umkreist uns einige Male, beäugt die Schüssel und atmet schwer.

»Was wir nicht schaffen, bekommst du«, verspreche ich ihm und tauche meine Gabel in das köstliche Allerlei aus Farfalle, Tomaten, Oliven und Paprika.

»Verträgt er das überhaupt?«, fragt Blümchen, nachdem sie den ersten Bissen heruntergeschluckt hat.

»Ein paar Nudeln werden ihm schon nicht schaden«, antworte ich achselzuckend.

»Wuff«, macht Herr Semmelfein und plumpst stöhnend neben uns ins Gras. Er legt seinen dicken Kopf auf den Vorderpfoten ab, schmatzt ein paarmal und tut dann so, als würde er dösen. Aber uns entgeht natürlich nicht, dass er mal das rechte und mal das linke Auge öffnet und die Schüssel mit dem Nudelsalat nach wie vor fest im Visier hat.

Von Oma Brille bekommt er natürlich nur Seniorenfutter für Hunde und ab zu mal ein rohes Stück Rindfleisch oder einen schönen Knochen. In Zahlen hat Herr Semmelfein zwar genauso viele Jahre auf dem Buckel wie ich oder Blümchen, nämlich haargenau elf. Da man Hundejahre aber – zumindest grob über den Daumen gepeilt – mit 7 malnehmen muss, ist Herr Semmelfein in Wahrheit schon mindestens siebenundsiebzig, also ein alter Opa.

Er sieht nur noch sehr schlecht, weshalb er mit schöner Regelmäßigkeit gegen die Terrassentür rennt. Manchmal bellt er auch den Kirschbaum in Oma Brilles Vorgarten an, weil er ihn für ihren blöden Nachbarn, Herrn Cornils, hält, und seit Kurzem pinkelt er sogar hin und wieder auf den Wohnzimmerteppich. Nicht mit Absicht, natürlich, aber Oma Brille ist trotzdem alles andere als begeistert davon.

»Meinst du, sie hofft, dass er bald stirbt?«, fragt Blümchen.

»Quatsch«, sage ich. »Sie liebt ihn doch.«

»Sie könnte sich einen neuen anschaffen.«

»Einen neuen Herrn Semmelfein?« Ich schüttele energisch den Kopf. »Ausgeschlossen.«

»Einen neuen Border-Collie-Mischling«, betont Blümchen. »Das würde sie bestimmt trösten.«

»Ja, klar, und wenn du mal tot bist, schaffe ich mir auch einfach ein neues Blümchen an«, gebe ich ein wenig brummig zurück.

»Das ist doch etwas völlig anderes«, erwidert meine Freundin. »Erstens gehöre ich dir nicht und zweitens bin ich ein Mensch. Die gibt es nicht doppelt.«

»Doch«, widerspreche ich. »Wenn man sie klont ... oder bei Zwillingen ... und die Pissnelken rennen sogar im Dreierpack durch die Gegend.«

»Stimmt haargenau.« Blümchen verzieht ihren Mund zu einem breiten Grinsen. »Die sind ja auch was gaaanz Besonderes.«

»Klar.« Ich knuffe meine Freundin in die Seite. »Besonders glitzerig, besonders sprachunbegabt, besonders gemein ...«

»Aber leider auch besonders beliebt«, vollendet Blümchen seufzend meine Aufzählung.

Und damit hat sie leider recht. Die Jungs aus unserem Jahrgang finden Annabelle, Marie und Kristina aus irgendwelchen völlig unerfindlichen Gründen total süß, und auch einige der Mädchen würden sonst was darum geben, wenn sie mit ihnen befreundet sein könnten. Ähnliches gilt für unsere Lehrer. Außer bei Mister Ungerecht stehen die Pissnelken überall glatt zwei, was todsicher damit zusammenhängt, dass ihre Mütter die Elternvertreter unserer Klasse sind. Mama meint ja, man dürfe so etwas nicht laut sagen, aber es zu denken, ist ja nicht verboten.

Unsere Klassenlehrerin, Frau Schönerscheidt, beispielsweise, sitzt in allerschönster Regelmäßigkeit nachmittags mit den Pissnelkenmüttern zum Kaffee zusammen. Papa hat versucht, mir weiszumachen, dass ein solches Engagement allen Schülern zugutekäme, dabei ist es absolut ersichtlich, dass es nur Annabelle, Marie und Kristina etwas nützt. Frau Schönerscheidt nimmt die drei nämlich mindestens doppelt so oft dran wie alle anderen, und zwar nur, wenn sie sich melden. Und während sie jedes Mal, wenn einer von uns etwas Falsches sagt, total ausflippt, korrigiert sie die grammatikalischen Entgleisungen unserer reizenden Pissnelken immer mit einer Engelsgeduld.

»Das heißt nicht frägst, liebe Kristina«, äffe ich meine

Klassenlehrerin nach, »sondern fragst. Zum Beispiel: Wenn du mich fragst, würde ich dir antworten, dass das Rihanna-Konzert am nächsten Samstag stattfindet.«

»Ähächt?« Kichernd rupft Blümchen ein Büschel Gras aus und wirft es mir gegen die Brust. »Wieso wissen Sie das?«

»Liiieeebe Kristiiina«, entgegne ich daraufhin in Frau Schönerscheidts Tonfall, »möchtest du deine Frage vielleicht noch ein zweites Mal formulieren?«

»Nöhööö. Wiesohooo denn?«

»Weil du nicht das korrekte Fragewort benutzt hast, meine liebste Kristina. Beginnen wir also noch einmal von vorn.«

»Och nö«, stöhnt Blümchen. »Ich habe keine Lust mehr, mich noch länger mit den Pissnelken zu befassen.«

»Okay«, schwenke ich sofort um, »beschäftigen wir uns also mit unserem allseits beliebten BeeDee«, sage ich und ziehe Björn-Dakotas Initialen betont in die Länge. »Was glaubst du? ... Warum hat er sich noch so lange auf dem Schulgelände herumgetrieben?«

»Keine Ahnung«, erwidert meine Freundin ein wenig ungeduldig. »Vielleicht hat er auf jemanden gewartet.«

»Aha. Und auf wen?«

»Woher soll ich das wissen? Bin ich Sherlock Holmes?«

»Nein«, sage ich und zupfe an ihrem violetten Sommerkleid, das mit winzigen weißen Margeriten und orangefarbenen Mohnblüten bedruckt ist. »Der bist du eindeutig nicht.«

»Na also«, gibt Blümchen triumphierend zurück und

pfeffert mir eine weitere Ladung Grashalme gegen die Brust. »Oh nein!«, stößt sie dann plötzlich hervor und ist mit einem Satz auf den Beinen. »Wenn das nicht aufhört, drehe ich Brotbäckchen noch mal den Hals um.«

Wieselflink und so lautlos wie ein Luchs flitzt meine Freundin in Richtung Gartenteich, an dessen Ufer Oma Brilles orangerote Tigerkatze gerade mit hohen Sprüngen einem Zitronenfalter nachjagt.

»Dein Einsatz, Herr Semmelfein«, sage ich, woraufhin der Border-Collie sofort den Kopf hebt.

Sein buschiger Schwanz klopft sachte im Gras auf und nieder. Früher ist er bei diesem Kommando immer zur Pforte gelaufen, um den Briefträger zu begrüßen und Oma Brilles Post in den Hausflur zu tragen und dort auf einem Schemel abzulegen. Seitdem er fast blind ist, kann er das natürlich nicht mehr. Trotzdem freut er sich immer wie Bolle, wenn er diesen Befehl hört.

Ich streichele ihm kurz über den Kopf und laufe dann ebenfalls zum Teich hinüber.

Blümchen hat sich Brotbäckchen inzwischen geschnappt und auf ihren Arm gehoben. Zärtlich drückt sie sich das laut schnurrende Fellbündel unters Kinn.

»Von wegen den Hals umdrehen«, sage ich grinsend zu ihr.

»Wenn sie einen Schmetterling fängt und ihm die Flügel zerfetzt, dann hasse ich sie«, erwidert Blümchen mit ernster Miene.

»Ich weiß«, gebe ich seufzend zurück und kraule Brotbäckchen unter dem Kinn.

Ich verstehe meine Freundin nur zu gut. Blümchen hat eine Schwäche für Schmetterlinge. Sie kennt sämtliche Arten und kann jeden einzelnen, der in Oma Brilles Garten herumflattert, beim Namen nennen. Abgesehen davon mag ich es auch nicht, wenn Brotbäckchen mit etwas Lebendigem spielt, ganz egal, ob es sich dabei um einen Schmetterling, eine Maus oder eine Fliege handelt.

Ich rette sogar einer Mücke, die in einem Spinnennetz zappelt, das Leben – obwohl ich mir sicher sein kann, dass sie mich bei der nächsten Gelegenheit stechen wird.

Tja, und genauso wie mit den Mücken verhält es sich auch mit Björn-Dakota. Ich finde ihn zwar ebenso lästig wie diese Stechbiester, aber ich würde ihn jederzeit gegen jeden Blödmann verteidigen. BD ist nämlich der einzige Exot in unserer Klasse und musste sich als Halbchinese schon so manchen dummen Spruch anhören.

Blümchen findet mein Verhalten ziemlich bescheuert, weil so etwas – theoretisch! – zu ungewollten Komplikationen führen kann, nämlich: Alle inklusive BD *könnten* denken, ich sei in ihn verknallt.

Aber was soll ich machen? Ich *kann* einfach nicht anders. Und letztendlich hat doch jeder so seine Marotten.

Ein Pickel kommt selten allein

Apropos Marotten: Als ich an diesem Donnerstagabend Anfang Juli die Tür zu unserer Wohnung in der Rittholmstraße aufschließe, schallt mir die Hauptmarotte meiner sechzehnjährigen Schwester Jackie bereits in voller Lautstärke entgegen.

We're building it up ... To break it back down ... We're building it up ... To burn it down ...We can't wait ... To burn it to the ground brüllt Chester Bennington von Linkin Park.

Ich lasse meinen Rucksack von der Schulter rutschen, rase die Treppe zur Empore hinauf und stürme in Jackies Zimmer.

»Bist du wahnsinnig!«, fahre ich sie an. »Mach das sofort leiser oder ich fackele deinen Player ab! Ich burne ihn komplett to the ground, kapiert!«

Meine Schwester hockt auf ihrem Bett und zuckt gelangweilt mit den Schultern. Ihr Mund bewegt sich, aber ich verstehe nicht, was sie sagt.

Also hechte ich zu ihrer Anlage, die zwischen ihrer Nagellackkollektion auf dem Schminktisch steht, und ziehe den iPod aus der Station.

»Hey, spinnst du, oder was?«, faucht sie, springt von ihrem Bett auf und windet mir den iPod aus der Hand.

»Wo ist Mama?«, frage ich.

»Hier«, ertönt die Stimme meiner Mutter hinter mir.

Ich wirbele herum und sehe sie vorwurfsvoll an.

»Na, komm, Schätzchen«, sagt sie lächelnd, schlingt mir ihren Arm um die Schulter und zieht mich aus dem Zimmer. »Ich habe es deiner Schwester erlaubt«, fährt sie fort, nachdem sie die Tür hinter uns zugezogen hat.

»Aber ...«, will ich protestieren, doch Mama lässt mich nicht zu Wort kommen.

»Nur diesen einen Song«, sagt sie. »Den habe ich ihr genehmigt. Und den darf Jackie jetzt natürlich noch einmal von Anfang an hören.«

Sie hat es kaum ausgesprochen, da donnern die Synthesizer und Gitarren los und fegen uns geradezu von der Treppe in den Flur hinunter.

»Ich hasse Linkin Park«, knurre ich, während ich mich von meiner Mutter in die Küche ziehen lasse. »Und unsere Nachbarn garantiert ebenfalls.«

»Dito«, erwidert Mama und schließt auch diese Tür hinter uns. Sehr viel leiser wird es dadurch allerdings nicht. »Aber es kann nun mal nicht jeder den gleichen Geschmack haben.«

»Rihanna oder Katie Perry sind tausendmal besser«, behaupte ich.

»Ach, Lilly, Schätzchen, das kann man doch überhaupt nicht miteinander vergleichen«, meint Mama und drückt mir einen Kuss auf die Wange.

Blümchen kann es nicht leiden, wenn ihre Mutter das bei ihr macht. Und sie will auch nicht Schätzchen, Mäuslein oder Süße genannt werden. »Ich bin doch kein Baby mehr«, findet sie, und irgendwie hat sie schon recht damit. Allerdings riecht ihre Mutter auch nicht so gut wie meine.

Mama liebt Nougatpralinen über alles und achtet aufs Sorgsamste darauf, dass ihre Vorräte nie zur Neige gehen. Genau weiß ich es zwar nicht, aber ich bin mir beinahe sicher, dass sie sich mindestens eine halbe Schachtel pro Tag »gönnt«.

Schokolade ist Balsam für die Seele, behauptet sie, und keiner von uns, nicht einmal Papa, wagt es, ihr da zu widersprechen. Warum auch? Letztendlich haben wir ja alle etwas davon. Mama ist rund und weich und unendlich sanft und geduldig – und: Sie duftet aus jeder Pore nach Nougatpralinen. Sogar Jackie, die noch tausendmal weniger ein Baby ist als Blümchen, lässt sich von ihr umarmen und küssen.

»Ich kapier einfach nicht, was sie an diesem Chester Bennington findet«, sage ich.

»Das muss du ja auch nicht«, erwidert meine Mutter. Sie öffnet die Topfschublade, nimmt den Deckel einer kleinen Kasserolle ab und hält kurz darauf zwei halbrunde Pralinen in der Hand. Sie haben eine glänzende dunkle Glasur und einen Kringel aus weißer Schokolade auf ihrer Oberseite.

»Möchtest du?«, fragt sie und hält mir eine davon unter die Nase.

Ich weiche mit dem Kopf zurück. »Ähm … wieso bewahrst du die Dinger in einem Topf auf?«

»Nun nimm schon, sie ist nicht vergiftet«, sagt Mama, und anstatt meine Frage zu beantworten, schiebt sie sich die andere Praline in den Mund und schließt genüsslich die Augen.

Ich warte, bis sie mich wieder ansieht, dann versuche ich es noch einmal. »Wieso bewahrst du sie in einem Topf auf?«

»Damit sie keiner findet.«

»Du meinst keiner außer Papa ...?«

Mein Vater hantiert nämlich mindestens ebenso oft in der Küche wie Mama. Da würde es mich schon sehr wundern, wenn er ihr Versteck noch nicht entdeckt hätte.

»Ja, und Jackie«, entgegnet sie. »Vielleicht ist es dir noch nicht aufgefallen, aber deine Schwester rührt seit fast zwei Jahren keine Süßigkeiten mehr an.«

Aha. »Und wieso?«

»Weil man davon angeblich Pickel bekommt«, erklärt meine Mutter mir.

»Angeblich?«

Sie lacht. »Hab ich etwa welche?«

Nein, ihre Haut ist so glatt und fein wie die einer Aprikose.

»Also«, sagt sie und fuchtelt mir mit der Praline vor dem Gesicht herum. »Entweder nimmst *du* sie jetzt ... oder ich.«

»Du«, sage ich, denn mir ist eher nach etwas Herzhaftem. »Außerdem würde ich dir nie deine Pralinen wegessen«, setze ich empört hinzu.

»Weiß ich doch, Schätzchen«, gibt Mama lächelnd

zurück. »Mit *keiner* habe ich vor allem deinen Bruder gemeint. Philipp hat seine Finger ja wirklich überall drin, aber garantiert nicht in der Topfschublade.«

Jetzt muss ich ebenfalls grinsen. Nein, Töpfe gehören eindeutig nicht in das Beuteschema meines achtjährigen Bruders. Er sammelt eher Dinge wie Mehltüten, Nudelreste, Zuckerwürfel, Wattestäbchen und Tampons. Ja, richtig gehört – Tampons! Und zwar nicht etwa, um sie sich in die Ohren zu stecken (bei kleinen Jungs weiß man ja nie), sondern als Crash-Puffer für die Rennautos seiner Carrera-Bahn. Das Teil nimmt mehr als die Hälfte seines Zimmers ein, also eigentlich die gesamte begehbare Fläche.

Mama wollte das verbieten, aber Papa hat ja so seine Prinzipien, und die hat er in diesem Fall knallhart durchgesetzt.

Jungs, die ein vernünftiges Hobby haben, kommen nicht auf dumme Gedanken, war sein Argument, das auch meine Mutter überzeugt hat. Ich fand diesen Spruch sogar so cool, dass ich ihn in meine Wundersprüchebox aufgenommen habe.

Sprüche sammeln ist seit dem dritten Schuljahr nämlich meine Hauptmarotte. Ich liebe Lebensweisheiten und lustige Aussprüche à la *Da kann ich mir ja genauso gut eine Frikadelle ans Knie nageln* oder praktische Koch- und Haushaltstipps wie *Selbstverständlich können Sie die Gurkenkaltschale auch warm genießen*.

Ich schneide sie aus oder schreibe sie auf kleine Zettel und stecke sie in meine geheime Wundersprüchebox, einen Schuhkarton, den ich mit bunten Papierschnipseln beklebt habe und unter meinem Bett aufbewahre. Okay, das ist natürlich kein besonders geheimer Ort und deshalb ist die Wundersprüchebox genau genommen so etwas wie ein Kopfgeheimnis. Mama, Papa, Jackie und Philipp wissen zwar, dass ich Sprüche sammele und sie in einem Karton unter meinem Bett verstaue, aber sie haben nicht den Schimmer einer Ahnung, wozu ich sie brauche. Das wissen nur Blümchen und ich.

»Und?«, will Mama nun von mir wissen. »Wie geht es Oma Brille?«

»Keine Ahnung«, sage ich. »Wir haben sie gar nicht zu Gesicht bekommen. Das Einzige, was Blümchen und ich von ihr vorgefunden haben, war eine Schüssel Nudelsalat und eine Nachricht, dass sie unterwegs ist.«

»Aber das sind doch mindestens ...« Meine Mutter wirft einen Blick auf die kleine Uhr am Herd, »drei Stunden gewesen.«

»Tja, ich weiß auch nicht«, erwidere ich schulterzuckend. »Du kannst sie heute Abend ja mal anrufen und fragen, wo sie sich den ganzen Nachtmittag rumgetrieben hat.«

»Worauf du dich verlassen kannst«, murmelt Mama und schiebt sich Praline Nummer zwei in den Mund.

Beim Abendessen erfahre ich, warum Jackie den Linkin-Park-Song auf voller Lautstärke hören durfte, nämlich um ihren Frust abzubauen.

»Hat's denn geholfen?«, erkundige ich mich, während ich meine Schnitte mit Käsescheiben belege.

Die Antwort ist ein kurzes knurriges »Nö«.

»Was ist denn los?«, frage ich ein wenig verärgert darüber, dass ich den Lärm offenbar völlig umsonst ertragen musste.

»Nix«, brummt Jackie und angelt nach einer Gurkenscheibe.

»Und wieso hast du ein Pflaster auf der Nase?«, will Philipp wissen, der erst vor fünf Minuten von seinem Freund Niko nach Hause gekommen ist und genau wie Papa nichts von Jackies Privatkonzert mitbekommen hat.

Das Pflaster ist mir natürlich auch schon aufgefallen, ich habe mir allerdings nichts dabei gedacht. Meine Schwester ist ein Freak. Sie lackiert jeden Fingernagel in einer anderen Farbe, trägt Sicherheitsnadeln statt Ohrringe und schneidet riesige Löcher in ihre Jeans, damit man die neonfarbene Spitzenstrumpfhose, die sie darunter trägt, sehen kann. Es würde mich also nicht wundern, wenn sie sich dieses Pflaster einfach so ins Gesicht gepappt hätte. Aus Modegründen oder aus Sympathie mit Chester Bennington, der sich beim Rasieren geschnitten hat.

Doch dann fällt mir ein, dass wahrscheinlich nicht einmal der Sänger von Linkin Park Bartwuchs auf der Nase hat, und so verfolge ich die Reaktion meiner Schwester auf die Frage meines Bruders mit großer Aufmerksamkeit.

»Das muss dich nicht interessieren«, gibt Jackie zurück, greift nach einer weiteren Gurkenscheibe und schiebt sie sich in den Mund.

»Tut es aber«, sagt Philipp.

»Erzähl doch mal, wie es bei Niko war«, versucht Mama vom Thema abzulenken, doch so leicht lässt mein kleiner Bruder sich nicht an der Nase herumführen.

»Erst, wenn Jackie uns verraten hat, was sie unter dem Pflaster versteckt«, beharrt er.

»Wenn du es genau wissen willst...«, sagt meine Mutter.

»Ja, will ich!«

Ich auch, denke ich und zwinkere Philipp verstohlen zu.

»Sie hat sich einen Mückenstich aufgekratzt.«

»Also, dafür braucht man nun wirklich kein Pflaster«, meldet sich Papa zu Wort, der sich für seine Verhältnisse bisher sehr zurückgehalten hat.

Mama wirft ihm einen vielsagenden Blick zu, im Gegensatz zu mir, kapiert mein Vater aber nicht, was der zu bedeuten hat. Das mit dem Mückenstich war eine glatte Lüge – und das macht die Sache natürlich noch umso spannender.

»Spucke tut's ebenfalls«, fährt Papa ungerührt fort. »Das hilft übrigens auch gegen den Juckreiz. Ein Pflaster ist in diesem Fall nicht nur kontraproduktiv und ungesund, sondern reine Verschwendung.«

»Ach, leck mich doch«, brummt Jackie leise.

Es gibt allerdings Wörter, die Eltern hören können,

selbst wenn man sie nur denkt. Und das, was meine Schwester da gerade von sich gegeben hat, gehört genau in diese Kategorie.

»Wie bitte?«, erwidert Papa scharf. »Was hast du da gerade gesagt?«

»Nix«, murmelt Jackie. Sie presst die Lippen aufeinander und hält den Blick stur auf ihren Teller gerichtet.

»Ich glaube, wir gehen ihr auf den Geist«, analysiert Philipp die Stimmungslage unserer großen Schwester.

»Ich bin mir keiner Schuld bewusst«, sagt mein Vater, während er Jackie mit einem halb zugekniffenen Auge mustert. »Und selbst wenn, wäre das noch lange kein Grund, sich mir gegenüber in einer solchen Form zu äußern.«

Ich sehe Mama an, denn es wundert mich, dass sie sich noch nicht eingemischt hat. Leise vor sich hin summend, belegt sie ihre Schwarzbrotschnitte mit Kochschinken, Tomatenscheiben und Petersilie. – Als ob sie mit ihren Gedanken ganz woanders wäre und überhaupt nichts von unserer Auseinandersetzung mitbekommen hätte.

»Mann ey!«, stößt Jackie plötzlich aus. »Mama hat mir das Open-Air-Konzert verboten, wenn ihr es genau wissen wollt!«

Sie springt von ihrem Stuhl auf und rennt aus der Küche.

»Welches Open-Air-Konzert?«, fragt Papa.

»Jenes, das jedes Jahr im August in Wacken stattfindet«, antwortet meine Mutter.

Mein Vater kräuselt die Lippen. »Sprichst du von dieser Heavy-Metal-Schlammschlacht?«

Mama nickt. »Exakt.«

»Aber das ist hundertachtzig Kilometer entfernt und geht über vier Tage.«

»Richtig«, sagt meine Mutter.

»Spielen da diesmal etwa auch Linkin Park?«, frage ich.

Mama zuckt mit den Schultern. »Sie sind sozusagen die Hauptattraktion.«

»Oh wow!« Philipp lässt sein Salamibrot auf den Teller zurückfallen. »Das müsst ihr Jackie erlauben.«

»Sie will da doch bloß hin, weil sie hofft, dass Chester Bennington ihr einen Heiratsantrag macht«, schnaube ich.

»Na und?«, faucht mein Bruder mich an. »Das verstehst du eben nicht.«

»Aber du, ja?«

»Jaa.« Philipp reckt seinen Hals und sieht mich trotzig an.

»Aha«, knurre ich.

Für mich ist Jackie nämlich ein Buch mit sieben Siegeln. Nicht nur, dass sie sich seltsam kleidet, ihr Zimmer ausschließlich in den Farben Schwarz, Weiß und Rot eingerichtet hat und Bratgitarrenmusik hört. Okay, Linkin Park würde ich ja noch gelten lassen, aber ihre bescheuerte Schwärmerei für den Leadsänger geht mir total gegen den Strich. Jackie ist hübsch, ich meine, *richtig* hübsch. Sie hat es überhaupt nicht nötig, sich in so einen alten, hässlichen Knacker zu verlieben.

»Ich werde nächsten Monat mit ihr nach Hamburg fahren«, sagt Mama.

»Was, zum Shoppen?«, bricht es aus Philipp hervor. »Das kannst du vergessen. Das ist doch kein Ersatz.«

Meine Mutter schüttelt den Kopf. »Nicht zum Shoppen. Jedenfalls nicht nur.«

Papa sieht sie mit hochgezogenen Augenbrauen an. »Sondern?«

»Wacken ist natürlich nicht das einzige Konzert, das Linkin Park im Norden gibt«, erwidert Mama. »Aber ...« Sie legt den Zeigefinger an ihre Lippen und sieht uns – und ganz besonders mich – beschwörend an.

»Und? Was wirst du tun?«, fragt Blümchen mich am nächsten Morgen, als wir auf dem Weg zur Schule nebeneinander in der U-Bahn sitzen.

Natürlich habe ich ihr gleich von Mamas Geheimplan erzählt.

»Nichts«, sage ich.

»Du wirst es Jackie also nicht verraten?«

»Nein.«

Ich habe kein Interesse daran, meiner Mutter den Spaß zu verderben. Außerdem: Je später meine Schwester von ihrem Glück erfährt, desto besser für den Rest der Familie. Ich bin sicher, sie würde tagelang von nichts anderem mehr reden.

»Warum gönnst du ihr das eigentlich nicht?«, will Blümchen wissen. »Also ... sooo schlimm sind die doch eigentlich gar nicht.«

Stimmt. Den Song, den Jackie gestern mit voller Lautstärke gehört hat, finde ich sogar ganz okay.

»Das ist nicht der Punkt«, krächze ich, und plötzlich muss ich blinzeln, weil meine Augen anfangen zu brennen.

»Was ist denn der Punkt?«, hakt Blümchen sofort nach.

Ihre Hände streichen über die knielange, hauchzarte hellblaue Tunika, die sie heute über ihrer Jeans trägt.

»Es ist wegen früher«, sage ich, nachdem ich ein paarmal schwer geschluckt habe.

»Du meinst, als Jackie noch Jackie war?«

»Genau«, presse ich hervor.

Als meine große Schwester noch die gleichen kastanienbraunen Locken hatte wie ich, ganz normale Sachen trug und nichts dagegen hatte, wenn ich nachmittags in ihrem Zimmer auf der Empore rumhing, in ihren Schulheften blätterte und auf ihrem Tablet spielte.

Blümchen drückt mir sanft ihren Ellenbogen in die Seite. »Lilly?«

»Mhm?«

»Jackie ist immer noch Jackie«, wispert sie.

»Ja klar«, sage ich kurz angebunden.

Ich starre den Rucksack auf meinem Schoß an und versuche, nicht allzu sehr mit den Schultern zu zittern. Blümchen merkt es trotzdem.

»Heulst du?«, fragt sie leise.

Ich schüttele den Kopf und wische mir hastig mit den Handballen über die Augen. »Sie hasst mich.«

»Quatsch! Das tut sie nicht.«

»Und warum redet sie dann nicht mehr mit mir?«

»Keine Ahnung«, sagt Blümchen. »Vielleicht, weil ihr nicht mehr dieselben Themen habt.«

»Mit Philipp hat Jackie noch viel weniger dieselben Themen«, halte ich dagegen. »Trotzdem knutscht sie ihn alle paar Tage total ab.«

»Ach, du willst also von deiner großen Schwester abgeknutscht werden!« Blümchen fängt an zu kichern.

»Nein«, sage ich, »ich möchte einfach nur, dass sie wieder ganz normal mit mir redet.«

»Redest du denn *ganz normal* mit ihr?«

Ich sehe meine Freundin kurz an und lasse dann meinen Kopf auf ihre Schultern sinken. »Das kann man doch gar nicht mehr. Und jetzt fährt meine Mutter auch noch mit ihr zu diesem Konzert«, platzt es zornig aus mir heraus.

Blümchen schweigt. Was soll sie auch sagen? Sie hat keine Geschwister und daher auch keine Vorstellung davon, wie es ist, wenn man Wohnung und Eltern mit anderen teilen muss.

»Eigentlich ist Jonas an allem schuld«, brumme ich. »Wenn Jackie mit dem zusammengekommen wäre ... Ach, Mann, der sah so guuut aus ... und er hätte so toll zu ihr gepasst!«

Die Geschichte ist inzwischen über ein Jahr her.

Damals war Jackie in der Neunten und Jonas kam neu in die Zehnte. Er war unglaublich witzig und hatte die blauesten Augen, die man sich nur vorstellen kann.

Jackie hat ihn mir sofort gezeigt und nächtelang kaum noch geschlafen, weil sie ständig an ihn denken musste. An der Wand über ihrem Bett prangte ein großes rotes Herz, das sie mit Lackfarbe aufgesprüht hatte. Darauf hatte sie aus kleinen Papierblüten ein J ♥ J geklebt. Tagsüber hat sie ihre vielen bunten Kissen davor gestapelt, damit es niemand sieht. Ich bin mir jedoch ziemlich sicher, dass Mama das Herz bei einer ihrer Putzattacken entdeckt hat. Gesagt hat sie allerdings nie etwas.

Eines Abends war Jackies Zimmertür verschlossen und am nächsten Morgen hatte sie total verheulte Augen. Ich fragte sie, was passiert sei, aber sie wollte es mir nicht sagen. Das war der Tag, an dem meine große Schwester aufhörte, mit mir zu reden.

Eine Woche später sah ich Jonas im Arkaden-Center – Arm in Arm mit einem anderen Mädchen.

Ich begriff sofort, dass Jackies Herz gebrochen war, aber ich habe bis heute nicht verstanden, warum sie mich dafür verantwortlich gemacht hat.

Es dauerte nicht lange und sie hatte plötzlich auch einen Freund. Er war ein ganzes Stück kleiner als sie und hässlich wie die Nacht.

Zum Glück waren die beiden nur einen Monat zusammen. Doch leider wandelte sich während dieser Zeit Jackies Musikgeschmack, und sie begann, sich die Haare zu färben. Zuerst schwarz, dann rot und schließlich blond. Sie strich die Wand hinter ihrem Bett schwarz an und gestaltete ihr Zimmer komplett um.

»Mensch, Lilly«, sagt Blümchen. »Du kannst doch nicht einem Wildfremden die Schuld dafür geben, dass Jackie ein paar Dinge in ihrem Leben verändert hat!«

Ein paar Dinge? – Ha!

»Neuerdings trägt sie sogar ein Pflaster auf der Nase!«, rufe ich aus und tippe mir an den Kopf. »Weil sie es cool findet!«

Dabei weiß ich das ja gar nicht so genau.

Nachdem wir die U-Bahn verlassen und die Rolltreppe betreten haben, klemmt auf einmal Björn-Dakota hinter uns.

»Naaa!«, sagt er. »Was geht?«

Er guckt zwischen Blümchen und mir hin und her und grinst sich einen ab.

»Das frage ich mich auch«, erwidere ich und drehe mich weg.

»Wieso?«, fragt Björn-Dakota.

»Hast du keinen anderen, den du nerven kannst?«, brumme ich, dann fällt mir ein, dass ich eigentlich freundlich zu ihm sein will, weil er ja ein Exot ist.

»Jannik ist krank«, erklärt Björn-Dakota. »Kotzerei.«

»Ach so, und da sind wir dir plötzlich gut genug«, schlussfolgert Blümchen.

»Nee, nee!« Björn-Dakota schüttelt energisch den Kopf. »Ich hab nichts gegen Mädchen, falls ihr das denkt.«

Oh Gott, jetzt wird es gefährlich, denke ich und bin heilfroh, als wir oben angelangt sind und Blümchen und ich einen Zahn zulegen können. Aber BD lässt sich nicht abschütteln, sondern hält mühelos mit. Und nicht nur das. Er schafft es sogar, sich zwischen uns zu zwängen, sodass Blümchen und ich uns nicht mehr unterhalten können. Noch blöder ist allerdings, dass wir reichlich Gegenfußgängerverkehr haben, und immer, wenn wir dem ausweichen müssen, berühren wir uns zwangsläufig an den Schultern.

Kurz bevor wir das Schulgelände erreichen, taucht Björn-Dakota dann genauso plötzlich ab, wie er erschienen ist, und ich atme erleichtert auf.

»Mann, der ist wirklich ganz schön nervig«, sage ich halb stöhnend, halb grinsend. »Ich hoffe bloß, der bildet sich nicht wirklich ein, ich könnte ihn gut finden oder so.«

Ich zwinkere Blümchen bedeutungsvoll zu.

»Glaub ich nicht«, gibt sie seltsam gepresst zurück.

»Ach, das kann man bei den Jungs doch nie wissen«, erwidere ich, merke dann aber, dass sie darüber offenbar nicht reden will. Steif wie ein Stock spaziert sie neben mir her, und ich versuche gar nicht erst, ein neues Thema anzufangen, sondern hänge meinen Gedanken nach ... und die haben vor allem mit Jackie zu tun. Vielleicht gibt es ja eine Möglichkeit, sie wieder umzupolen.

Heute haben wir in der ersten Stunde Biologie im Hörsaal und wie immer ist Frau Kaut bereits vor dem Gong da. Hinter dem Hörsaal befindet sich nämlich der Präparate-Raum, in dem das Skelettmodell, einige ausgestopfte Tiere und sogar ein paar echte Organe in stinkender Formaldehydlösung aufbewahrt werden.

Es ist der Lieblingsraum von Frau Kaut. Wenn man sie sucht, findet man sie eigentlich immer dort. Einige ältere Schüler haben das Gerücht gestreut, sie würde hin und wieder sogar die Nacht zwischen all den Präparaten verbringen. Und das bloß, weil man sie nie im Lehrerzimmer oder irgendwo auf den Gängen antrifft!

Ich persönlich glaube ja eher, dass sie einfach zu langsam ist und es nicht einmal während der Zwanzigminutenpause bis ins Lehrerzimmer und wieder zurück schafft.

Als Blümchen und ich den Hörsaal betreten, schneckt Frau Kaut gerade um den Lehrertisch herum. Präzise ausgedrückt: Sie schnecktschildkrötet. Ich zumindest finde, dass sich mit diesem Wort die merkwürdig schlurfende Art ihrer zeitlupenartigen Fortbewegung, bei der sie ihren vorgereckten Kopf langsam hin und her schwingt, am treffendsten beschreiben lässt.

Die Pissnelken sitzen ganz oben in der hintersten Reihe. Obwohl nicht einmal ein Test angekündigt ist, tragen sie alle drei heute ihre berühmte Klassenarbeitsfrisur: Keine Spangen, die Haare fallen offen herunter, ergießen sich über die Tischplatte und verdecken mehr als die Hälfte ihres Gesichts.

Trotzdem entgehen mir die beiden winzigen Pflaster

auf Annabelles Nase nicht, und mit einem Schlag wird mir klar, was es mit Jackies Gesichtsschmuck tatsächlich auf sich hat: Darunter befindet sich ein Pickel!

Wie es scheint, wachsen die Dinger quasi über Nacht und vermehren sich außerdem blitzartig.

Eilig krame ich meine Unterlagen hervor und notiere in kleiner, aber gestochen scharfer Schrift am oberen Rand meines Kollegblocks:

Ein Pickel kommt selten allein

Keine Frage: Dieser Spruch ist wie geschaffen für meine Wundersprüchebox!

Missverständnisse

»Er hat mich an der Hand gefasst.«

Mit dieser Neuigkeit, die ich zunächst überhaupt nicht einordnen kann, kommt Blümchen am Ende des Englischunterrichts rüber.

»Wie? Was? Wer?«, rufe ich.

»Pssst. Nicht so laut«, zischt sie so dicht an meinem Ohr, dass ihre Atemstöße meine Haare durcheinanderwirbeln und ich einen Gänsehautschauer bekomme.

»Wen meinst du denn?«, raune ich.

»BD.«

»Hä?«

Und dann wird es mit einem Mal hell in meinem Oberstübchen – und gleich darauf wieder stockdunkel.

»Ach du Kacke!«

»Du sagst es«, wispert Blümchen. »Was mach ich denn jetzt nur?«, jammert sie.

»Du sagst ihm, dass du das nicht willst«, schlage ich vor.

»Ausgeschlossen. Das kann ich nicht. Lieber sterbe ich.«

Blümchen sieht mich aus ihren veilchenblauen Augen mit jammervollem Dackelblick an. »Kannst du nicht ... Lilly Wunderbar?

»Was? Ich soll das für dich tun?«

Sie nickt. »Am besten jetzt gleich.«

»Aber er ist doch schon weg«, wende ich ein.

Der Klassenraum ist wie leer gefegt. Nur wir und Mr Mellow, der wie immer nach dem Unterricht die Tafel säubert, sind noch hier.

»Bestimmt lauert er mir auf«, prophezeit meine Freundin.

»Uns, meinst du wohl«, entgegne ich.

»Ja, und deshalb musst du jetzt erst mal alleine los«, verlangt sie.

»Och nö«, sage ich.

Erstens können wir uns weder Umwege noch Zeitverzögerungen leisten, weil Oma Brille mit dem Mittagessen auf uns wartet. Wir werden nämlich das ganze Wochenende bei ihr verbringen, und Mama hat mir beim Frühstück noch versichert, dass meine Großmutter heute auf jeden Fall zu Hause ist, wenn wir kommen.

Und zweitens ist es durchaus möglich, dass Björn-Dakota mich gar nicht anspricht, wenn ich ohne meine Freundin daherspaziert komme, und sich stattdessen auf die Suche nach ihr macht.

Ich sehe jedoch ein, dass ich keine andere Wahl habe.

»Du bleibst immer schön in der Nähe von Mr Mellow«, trage ich Blümchen auf. »Dann kann dir nichts passieren.«

»Aber ich weiß doch gar nicht, was ich mit ihm reden soll«, protestiert sie.

»Dir wird schon was einfallen«, rede ich ihr gut zu.

»Notfalls hältst du einfach ein bisschen Abstand und tust so, als ob du zufälligerweise in die gleiche Richtung willst wie er. Wir treffen uns dann in ungefähr zehn Minuten vorm Lehrerzimmer. Alles klar?«

Blümchen nickt. »Alles klar.«

Und so laufe ich los.

Am liebsten würde ich mich beeilen, um die Sache rasch hinter mich zu bringen, aber ich zwinge mich, in gewohntem Tempo durch die Gänge und dann auf den Schulhof hinauszugehen, damit Björn-Dakota – von wo auch immer er mich beobachtet – keinen Verdacht schöpft.

Als ich mich ungefähr auf halbem Weg zum Fahrradunterstand befinde, löst er sich plötzlich aus dem Schatten eines Mauerpfostens und kommt geradewegs auf mich zu.

»Ihr seid heute mit der U-Bahn gekommen«, erinnert er mich. »Dein Fahrrad steht also zu Hause.«

»Schlaumeier«, sage ich.

Er tippt sich an die Schläfe. »Kombinationskünstler.«

Ich verdrehe die Augen. »Ja, klar.«

»Du solltest mich lieber nicht unterschätzen«, gibt er mit ernstem Gesicht zurück. »Ich weiß, warum du hier bist.«

»Gut«, sage ich erleichtert. »Dann ist ja wirklich alles klar.«

BD lächelt so breit, dass seine Augen total schmal werden und seine Mundwinkel fast bis zu den Ohren reichen. Er zieht eine Visitenkarte aus seiner Hosentasche hervor und reicht sie mir.

»Meine Handynummer. Kamilla soll mich anrufen, wenn ihr der Termin nicht passt.«

Hä? – »Welcher Termin?«

»Heute Nachmittag um halb vier vor dem Cinemax.«

Wieder brauche ich einen Moment, um die tiefere Bedeutung seiner Worte zu begreifen.

»Ähm ...«, stottere ich dann. »Da hat sie schon eine Verabredung.«

»Oh!« Björn-Dakota sieht zutiefst betroffen aus.

Bingo!, denke ich. Er hat es gefressen. Ein bisschen leid tut er mir allerdings schon.

»Ja ... äh ... da lässt sich wohl nichts machen«, sage ich und gebe ihm die Visitenkarte zurück. »Du solltest dich damit ab...«

»Macht nix«, unterbricht er mich. »Ich kann auch morgen. Oder am Sonntag. Ich richte mich da vollkommen nach ihr.«

»Es geht wirklich nicht«, versuche ich ihm zu erklären. »Sie ist das ganze Wochenende bei Oma Brille. Außerdem mag sie es nicht, wenn man sie überrumpelt.«

»Oh.« Björn-Dakota nickt nachdenklich, doch dann reckt er den Daumen empor. »Gut, dass du es mir gesagt hast. Es war schwer genug, ihr Herz zu erobern. Da will ich mir nicht gleich bei unserem ersten Date alles wieder vermasseln.«

Ihr Herz erobert? – Ich glaub, ich hab 'n Hörschaden!

»Vielleicht kann sie ja mit ihrer Oma reden, dass die sie am Sonntag schon nach dem Mittagessen nach Hause fahren lässt«, unterbreitet Björn-Dakota mir seinen nächsten Vorschlag.

»Kamillas Oma wohnt in Island. Und die andere ist tot«, sage ich. »Oma Brille ist meine Großmutter.«

»Ach so!« BD strahlt nun wie ein Honigkuchenpferd. »Na, das ist doch super!« Er greift nach meiner Hand und legt die Visitenkarte hinein. »Ich wusste, dass ich mich auf dich verlassen kann. Du wirst das Ding schon schaukeln.«

Mittlerweile kapiere ich gar nichts mehr.

»Jetzt guck nicht so«, sagt Björn-Dakota und zwinkert mir zu. »Eigentlich weiß ich doch, dass ihr Mädchen es gerne etwas umständlich mögt.«

»Was soll das denn heißen?«, frage ich empört und versuche mich mit ganzer Kraft auf Blümchens Auftrag zu konzentrieren. Ich habe nämlich das verdammt dämliche Gefühl, dass meine Unterhaltung mit BD gerade völlig aus dem Ruder läuft.

»Sie soll sich einfach bei mir melden«, erwidert er und zwinkert jetzt so heftig, dass ich mir nicht sicher bin, ob er tatsächlich zwinkert oder plötzlich irgendso einen komischen Tick hat, der mir bisher bloß noch nicht aufgefallen ist. »Ich verlasse mich auf dich.«

Noch einmal reckt Björn-Dakota seinen Daumen in die Luft. Sein Blick fliegt an mir vorbei, und dann dreht er sich aus heiterem Himmel um und rennt so schnell davon, als wäre eine Horde Büffel hinter ihm her.

»Das hast du wunderbar hingekriegt, Lilly Wunderbar«, sagt Blümchen.

Ich wirbele herum.

»Seit wann bist du schon hier?«

»Seit ein paar Sekunden.«

»Aber ...«

»Du warst so lange weg, da dachte ich, ich schau mal nach dir.« Blümchen drückt mir einen Kuss auf die Wange. »Ich bin ja so froh, dass du das für mich erledigt hast. Ich hätte es nie und nimmer übers Herz gebracht, ihm ins Gesicht zu sagen, dass ich ... na ja, dass ich nicht mit ihm befreundet sein will. Ich hoffe, er war nicht allzu geknickt?«

»Ähm ... Hör mal ...«, stammele ich, doch Blümchen lässt mich nicht zu Wort kommen.

»Ach, nein, das war er nicht«, beantwortet sie sich die Frage selbst. »Ich hab ja gesehen, wie er seinen Daumen hochgereckt hat.« Sie hakt sich bei mir unter und zieht mich mit sich fort. »Wie hast du das bloß hingekriegt, Lilly? Du bist wirklich die allerwunderbarste Freundin, die man sich vorstellen kann.«

»Tja ... ähm ...«, beginne ich aufs Neue. »So wunderbar bin ich gar nicht. Es ist nämlich ein bisschen anders, als du denkst.«

»Ach so?« Erstaunt sieht Blümchen mich an. »Wie denn?«

»Na ja ... also ...«, hole ich aus.

Ich finde es nämlich alles andere als einfach, ihr zu erklären, dass ich – Lilly, Zauberfreundin, Wunderbar – in

Wahrheit auf ganzer Linie versagt habe. Doch ehe ich einen vernünftigen Satz zustande bringen kann, entdeckt Blümchen Björn-Dakotas Visitenkarte in meiner Hand.

»Was hast du denn da?«

»Äh ... wo? Äh, nix.«

Hastig versuche ich, die Karte in meiner Gesäßtasche verschwinden zu lassen. Aber meine Freundin ist schneller. Sie umfasst mein Handgelenk und zieht meinen Arm zu sich herüber.

»Jetzt zeig schon her.«

Blümchen biegt meine Finger auseinander und reißt die Visitenkarte an sich. Stirnrunzelnd starrt sie darauf.

»Ich wollte es dir ganz in Ruhe erklären«, stottere ich.

»Das ist ja jetzt nicht mehr nötig«, erwidert sie grinsend und gibt mir die Karte zurück. »Ich finde allerdings, du hättest es mir ruhig sofort sagen können.«

Ich bin wirklich heilfroh, dass Blümchen keinen Aufstand gemacht hat und meinen Patzer so gelassen hinnimmt.

»Das Wochenende wird bestimmt total toll«, plappert sie drauflos, während wir den Weg zur U-Bahn-Station einschlagen. »Drei Tage Sonnenschein, Temperaturen bis zu zweiunddreißig Grad, Oma Brille, die uns nach Strich und Faden verwöhnt, Eiskrem ohne Ende ...«

»Vergiss die Hausaufgaben nicht«, bremse ich ihre Begeisterung.

»Ach, die sind doch ein Klacks«, wischt Blümchen meinen Einwand fort, als wäre er nichts weiter als eine Mücke, die ihr um die Nase sirrt.

»Mathe, Englisch, Bio und die Lernerei für den Geschichtstest sind für mich kein Klacks«, halte ich dagegen. »Alles zusammen nimmt hundertpro drei bis vier Stunden in Anspruch.«

»Darüber denken wir frühestens morgen nach, Lilly«, erwidert meine Freundin bestimmt. »Heute will ich meine Freiheit genießen.«

Ich hätte gerne noch das eine oder andere eingewendet, zum Beispiel, dass es mir persönlich sehr viel lieber wäre, den Großteil der Aufgaben an diesem Abend zu erledigen und Samstag und Sonntag dann jeweils höchstens noch eine Dreiviertelstunde für den Test zu üben, aber ich verkneife es mir.

Im Augenblick finde ich es weitaus wichtiger, dass ich die Sache mit Björn-Dakota geradegebogen bekomme. Und zwar möglichst bald. Ich hasse es nämlich, unangenehme Dinge auf die lange Bank zu schieben. Blümchen ist da ganz anders gestrickt. Sie kann Probleme einfach ausblenden. Wahrscheinlich hat sie in ihrem Gehirn so eine Art Tresor, in den sie sämtliche Unannehmlichkeiten für eine gewisse Zeit wegschließt. Manchmal vergisst sie sogar, ihn wieder zu öffnen, und steht dann plötzlich ohne Hausaufgaben da – was schon mehr als einmal vorgekommen ist. Und dann kriegt sie jedes Mal erst recht die Krise und schwört bei allem, was ihr heilig ist, dass ihr das nie wieder passiert ... um es spätestens am darauffolgenden Nachmittag bereits wieder vergessen zu haben.

»Hast du eigentlich dein Handy dabei?«, frage ich, als wir die U-Bahn im Stadtteil Wittenfeld verlassen.

»Klar, wieso?«, antwortet Blümchen, die sich wieder bei mir untergehakt hat und sich nun hüpfend vorwärtsbewegt.

»Nur so«, sage ich. »Falls mein Akku schlappmacht.«

»Sensationell!«, ruft Blümchen und wirft ihren Kopf laut lachend in den Nacken. »Du hast nicht daran gedacht, dein Ladekabel einzustecken!«

»Na und«, brumme ich. »Ich bin eben auch nicht perfekt.«

Sie grient mich von der Seite an. »Bisher warst du's.«

Bin ich auch immer noch, denke ich. Zumindest, was mein Ladekabel betrifft. Denn das habe ich natürlich dabei. Blümchens Handy brauche ich aus einem völlig anderen Grund. Aber das kann ich ihr natürlich nicht verklickern.

Von der U-Bahn-Station bis zu Oma Brilles Haus braucht man zu Fuß gut zwanzig Minuten. Es liegt etwas außerhalb des Wohnviertels am Rande einer Schrebergartensiedlung.

Wie immer nehmen Blümchen und ich die Abkürzung durch die Einkaufsstraße und stellen verärgert fest, dass unser geliebter Billigklamottenladen schließt.

»Verdammt, wieso ist uns das nicht gestern schon aufgefallen?«, schimpft Blümchen. »Ich wollte mir doch noch dieses orangefarbene Kleid mit den geflochtenen Trägern kaufen.«

»Vielleicht haben sie es ja noch«, sage ich.

Schlagartig hellt sich Blümchens Miene auf.

»Vielleicht haben sie es sogar runtergesetzt«, erwidert sie und schleust mich auf den Eingang zu.

»Jetzt doch nicht«, protestiere ich. »Wir sind sowieso schon zu spät dran.«

»Eben«, sagt Blümchen. »Es kommt also nicht mehr darauf an.«

»Oma Brille reißt uns den Kopf ab«, prophezeie ich.

»Tut sie nicht«, widerspricht Blümchen, lässt meinen Arm los und taucht im Laden ab.

Seufzend lasse ich mich auf dem Rand eines der vielen quadratischen Holzblumenkübel nieder, die den Mittelteil der Fußgängerzone schmücken. Ich habe keine Lust auf Gedränge und Blümchen wird das Kleid garantiert auch ohne meine Hilfe finden. Außerdem möchte ich verhindern, dass sie mehr Zeit vertrödelt als unbedingt nötig – was sie todsicher tun würde, wenn ich ebenfalls in den Klamottenständern herumkrame.

Schräg gegenüber befindet sich ein Schreibwarengeschäft, und mir fällt ein, dass ich dringend ein neues Geodreieck brauche. Bei meinem sind die Ecken nämlich schon ziemlich abgenagt.

Und da ein Geodreieck schneller gekauft ist als ein Kleid, springe ich auf und laufe auf den Laden zu. Im selben Augenblick tritt ein Mädchen heraus, das ungefähr in meinem Alter ist. Sie hat wunderhübsche große dunkelbraune Augen und trägt trotz der Hitze ein langärmeliges lilafarbenes T-Shirt zu ihrer Jeans und ein hellblaues Tuch über ihrem schwarzen Haar.

»Hallo«, sagt sie und lächelt mich an.

»Hallo«, erwidere ich verdutzt und überlege, ob ich sie schon mal irgendwo gesehen habe.

»Ich bin neu hier«, erzählt sie frei heraus und deutet auf den Billigklamottenladen. »Meine Eltern haben das Geschäft da vorne gemietet.«

»Oh«, sage ich erfreut. »Dann macht der Laden also gar nicht zu!«

»Doch, der schon«, entgegnet sie. »Wir sind gerade erst hergezogen«, erzählt sie weiter, »und jetzt brauche ich noch ein paar Sachen für die neue Schule. Vielleicht kannst du mir helfen ...?«

»Ja ... ähm ... also«, stammele ich, denn mit einer solchen Frage habe ich nun wirklich nicht gerechnet. »In welcher Klasse bist du denn?«

»In der sechsten.«

»Hm«, sage ich. »Ich auch. Allerdings kommt es natürlich darauf an, in welche Schule du gehst. Ich an deiner Stelle würde am ersten Tag einfach nur einen Kollegblock mitnehmen und meine Federtasche ... und vielleicht noch ein Lineal ... Es sind ja sowieso bald Ferien und ...«

Weiter komme ich nicht, denn in dieser Sekunde taucht Blümchen im Eingang des Billigklamottenladens auf und schwenkt jubelnd eine Tüte hin und her.

»Ich hab's, Lilly!«, ruft sie lachend. »Für nur vier neunundneunzig!«

Sie springt auf mich zu, wirft mir die Arme um den Hals und verpasst mir einen Glückseligkeitsschmatzer auf die Wange. Dann öffnet sie die Tüte und zieht das Kleid daraus hervor. »Ganze zehn Euro günstiger. Ist das nicht sensationell?«

»Toll«, sage ich. »Dann ist das Wochenende ja gerettet.«

»Wieso?«, fragt das Mädchen mit dem Kopftuch.

Verdattert starrt Blümchen es an. Offenbar hatte sie es in ihrem Freudentaumel bisher noch gar nicht bemerkt.

»Das ist ...«, beginne ich.

»Yasemin«, sagt das Mädchen und richtet seinen Blick auf das Kleid in Blümchens Händen. »Was ist daran so wichtig?«

»Nichts«, meint Blümchen schulterzuckend. »Außer, dass es mir wahnsinnig gut gefällt.«

»Stimmt, es ist sehr hübsch«, bestätigt Yasemin. »Ich glaube aber nicht, dass es besonders gut aussieht, wenn man ein T-Shirt darunter anzieht.«

Verständnislos sehen wir sie an.

»Ich habe nicht vor, es über einem T-Shirt zu tragen«, gibt Blümchen schließlich zurück. »Es ist doch ein Sommerkleid!«

Yasemin nickt. »Ich weiß.« Plötzlich wirkt sie verlegen. »Tut mir leid«, sagt sie und hebt abwehrend die Hände. »War nett, euch kennenzulernen.«

Sie nickt uns noch einmal kurz zu, dann dreht sie sich

um und verschwindet blitzschnell hinter einer Gruppe eifrig miteinander diskutierender Leute.

Kopfschüttelnd sehe ich ihr nach und murmele: »Eigentlich wollte sie sich doch Schulsachen kaufen.«

Heimlichkeiten

Der Erwerb eines neuen Geodreiecks nimmt nicht einmal zwei Minuten in Anspruch, trotzdem kommen wir eine geschlagene halbe Stunde zu spät zum Mittagessen.

»Tja«, erwidert Oma Brille auf unsere Entschuldigung. »Dann müsst ihr jetzt eben Kokswürste mit lauwarmem Kartoffelbrei essen. Und die Apfelkarottenrohkost hat mittlerweile leider auch alle ihre Vitamine verloren«, fügt sie schulterzuckend hinzu.

Bedröppelt zockeln wir hinter ihr her auf die Gartenterrasse hinaus, wo Herr Semmelfein uns zuerst anbellt und schließlich, nachdem er unsere Gerüche erkannt hat, schwanzwedelnd begrüßt.

Oma Brille ist völlig anders als meine Mutter. Wenn ich es nicht schwarz auf weiß in Mamas Geburtsurkunde gelesen hätte, würde ich nie und nimmer vermuten, dass die beiden miteinander verwandt sein könnten.

Auf ihre eigene Art besitzt auch meine Großmutter ein großes Herz, aber weich oder gar schokoladig ist sie ganz und gar nicht. Am ehesten ließe sie sich wohl mit diesen dünnen, sehr harten ungesüßten Lakritzstangen vergleichen, die man in der Apotheke kaufen kann.

Oma Brille ist größer als die meisten Männer und

sehr schlank. Sie trägt fast immer Hosen, Hemdblusen, T-Shirts und Pullis in Grau- oder Blautönen und ihre eisgrauen Haare sind raspelkurz geschnitten. Die einzigen Farbkleckse in ihrem Gesicht sind ihre grünen Augen und eine ihrer Brillen aus ihrer umfangreichen Kollektion. Meine Großmutter hat nämlich einen echten Brillenspleen und daher hat sie auch ihren Spitznamen. Eigentlich heißt sie Brigitte und mit Nachnamen Jordan, aber in unserer Familie nennen sie ausnahmslos alle Oma Brille.

Das Modell, das heute ihre Nase ziert, ist groß und rund und feuerrot.

»Hast du die neu?«, erkundige ich mich, in der Hoffnung, sie auf diese Weise vom Ärger über unsere Verspätung ablenken zu können. Doch leider entpuppt sich meine Frage als Stich ins Wespennest.

»Allerdings«, brummt Oma Brille, und ihre grünen Augen funkeln zornig. »Ich habe sie heute Vormittag von Optik Hospen abgeholt und festgestellt, dass sie mir überhaupt nicht steht.«

»Wieso hast du sie dann gekauft?«, entgegne ich und mustere sie stirnrunzelnd.

Kein Zweifel, die Brille ist anders als all ihre bisherigen, aber sooo schlecht finde ich sie gar nicht.

»Na, warum wohl?«, gibt meine Großmutter ungehalten zurück. »Weil dieser Kerl sie mir aufgeschwatzt hat, natürlich.«

Verwundert schüttele ich den Kopf. »Seit wann lässt *du* dir denn was aufschwat...?«

Ich breche ab und senke den Blick. Es ist bestimmt nicht klug, Oma Brille jetzt auch noch mit kritischen Bemerkungen zu kommen. Doch sie reagiert völlig anders als erwartet.

»Sprich es ruhig aus«, ermuntert sie mich. »Denn du hast absolut recht, mein Kind. In der Tat ist es in meinem ganzen Leben noch nicht vorgekommen, dass mir irgend so ein Schnösel etwas angedreht hat, was ich gar nicht haben wollte. Charme und Attraktivität sind eben nicht alles«, regt sie sich weiter auf, während Blümchen und ich uns nebeneinander auf der Gartenbank niederlassen und den Tisch ein Stück zu uns heranziehen. »Kompetenz wäre in diesem Fall gefragt gewesen«, setzt meine Großmutter hinzu. »Und nicht nur in diesem.«

»Also, ich finde die Brille sehr hübsch«, meint Blümchen, angelt ein Würstchen aus der Pfanne und legt es auf meinen Teller.

Es ist übrigens ganz und gar nicht zu Koks verbrannt, sondern wunderbar braun und knusprig gebraten.

Oma Brille kräuselt die Lippen und betrachtet meine Freundin mit einem zusammengekniffenen Auge.

»Sie ist zu groß«, knurrt sie schließlich. »Zu rund und zu rot.«

»Ach, Omilein«, sage ich. »Bestimmt musst du dich nur erst an sie gewöhnen.«

Ihre anderen Brillen sind eher schmal und fallen durch ungewöhnliche Dekore auf. Blau-grün gestreift, orange-weiß getupft, außen türkis innen lila oder auf der einen Seite knallblau und auf der anderen schwarz. Meine persönliche Lieblingsbrille ist die mit dem Zebramuster, aber die trägt sie leider viel zu selten.

»Das werde ich ganz sicher nicht«, erwidert meine Großmutter bestimmt. »Ich werde dieses schreckliche Ding noch heute Nachmittag zurückbringen und mir ein anderes Modell aussuchen.«

»Warum tragen Sie sie dann überhaupt?«, fragt Blümchen, die inzwischen alle drei Teller mit Kartoffelbrei, Bratwurst und Apfelmöhrenrohkost beladen hat.

»Weil ich ein Exempel statuieren will«, erwidert Oma Brille und setzt sich auf den Stuhl mir gegenüber.

»Hä?«, mache ich. »Was für ein Ding?«

»Ein Lehrbeispiel«, erwidert sie knapp.

»Kapier ich nicht«, sage ich. »Blümchen und ich tragen doch gar keine Brillen.«

»Ich spreche nicht von diesem Ding hier«, erklärt mir meine Großmutter und tippt an das rote Gestell in ihrem Gesicht, »sondern von den jungen Kerlen, die glauben, dass sie alles erreichen können, nur weil sie über ein hübsches Gesicht und ein nettes Lächeln verfügen.«

Blümchen und ich sehen uns an. Es fällt mir schwer, ein Kichern zu unterdrücken. Oma ist dreiundsechzig! Sie wird ja wohl aus dem Alter heraus sein, in dem man sich von jungen Männern beeindrucken lässt. Und wir zwei haben nun wirklich Besseres zu tun, als auf so etwas wie ein Jungs-Lächeln hereinzufallen.

»Ich finde, du solltest dieses Exempel lieber an Jackie stationieren«, sage ich. »Die steht allerdings eher auf hässliche Kerle.«

»Soso«, sagt Oma Brille und betrachtet gedankenverloren die Schüssel mit der restlichen Apfelmöhrenrohkost.

»Bist du deswegen am Donnerstag nicht zu Hause gewesen?«, frage ich sie. »Weil du beim Optiker warst, um dir ein Gestell auszusuchen?«

»Wie bitte?« Sie schüttelt sich kurz, so als wäre ein Gänsehautschauer über sie hinweggerast, und setzt dann hinzu: »Nein. Dieses fürchterliche Gestell habe ich schon vor drei Wochen ausge... ähm, aussuchen lassen.« Ihr Blick wandert von mir zu meiner Freundin. »Ich hoffe, es schmeckt dir, mein Kind?«

Okay, denke ich. Oma Brille will also nicht darüber reden. Zumindest nicht mit mir. Und während Blümchen das Essen lobt, kämpfe ich das komische Gefühl, das sich in meinem Bauch ausbreiten will, entschlossen nieder.

»Ich glaube, das heißt nicht stationieren«, meint Blümchen, als wir eine gute halbe Stunde später mit vollen Bäuchen unter dem Apfelbaum liegen. »Sondern statuieren.«

Wir haben die Arme unter unseren Köpfen verschränkt und blinzeln gegen das helle Sonnenlicht in die Laubkrone hinein.

Brotbäckchen hat sich im Schatten des Johannisbeerstrauchs zusammengeringelt und Herr Semmelfein döst neben uns im Gras. Ab und zu gibt er ein Seufzen oder ein Schmatzen von sich.

»Na und«, entgegne ich. »Ist doch bloß ein Fremdwort. Außerdem bin ich sehr dafür, dass man Lehrbeispiele an jeder Straßenecke stationiert, damit auch wirklich alle Leute etwas davon haben«, füge ich grinsend hinzu.

»Du bist vielleicht 'ne dumme Nuss«, sagt Blümchen und pikst mir ihren Finger in den Bauch.

»Argh«, stöhne ich und schnappe nach ihrer Hand. »Hör bloß auf, sonst kitzele ich dich durch.«

»Haha, das schaffst du gar nicht«, erwidert meine Freundin und reißt sich los. »Erzähl mir lieber mal, was diese Yasemin von dir wollte.«

»Nix«, sage ich.

»Quatsch nix«, brummt Blümchen. Wieder schnellt ihr Finger zu mir rüber. Doch diesmal bekomme ich ihren Arm rechtzeitig zu fassen.

»Lass es, bitte«, sage ich. »Sonst muss ich dich leider verprügeln.«

»Hahahaha!«, lacht Blümchen los. Mit einem Satz ist sie auf den Beinen. »Dann fang mich doch!«

Ich schüttele den Kopf. »Keine Lust.«

»Dann geh ich eben aufs Klo«, erwidert sie und flitzt in Richtung Wohnhaus.

»Das nenne ich mal eine Alternative«, sage ich zu Herrn Semmelfein, der daraufhin sein rechtes Auge öffnet und mich irritiert ansieht.

»Alles gut«, murmele ich, während mein Blick auf Blümchens Rucksack fällt, der nur eine Armlänge von mir entfernt am Stamm des Apfelbaums lehnt.

»Du darfst mich nicht verraten, hörst du!«, beschwöre ich Herrn Semmelfein.

Hektisch friemele ich Björn-Dakotas Visitenkarte aus meiner Hosentasche, dann strecke ich meine Hand aus, ziehe den Rucksack zu mir herüber und krame Blümchens Handy hervor. Das Display leuchtet sofort auf, es ist also eingeschaltet. – Puh, das Glück scheint auf meiner Seite zu sein! Trotzdem schaue ich vorsichtshalber noch einmal zum Wohnhaus hinüber und vergewissere mich, dass meine Freundin nach wie vor mit ihrem Geschäft beschäftigt ist.

»Die Luft ist rein«, raune ich Herrn Semmelfein zu, der nun seinen Kopf hebt und ein lautes »Wuff!« ausstößt.

»Pssst«, ermahne ich ihn. »Dies ist ein Geheimauftrag von äußerster Wichtigkeit, der größtmögliche Verschwiegenheit erfordert.« Unterdessen fliegen meine Finger über die Tasten.

Hallo björn-dakota, tut mir leid, aber das ganze ist ein furchtbares missverständnis. Ich werde nichts mit dir unternehmen, also lass mich bitte in ruhe. Ich möchte nicht mit dir reden, ok? Und ich will auch nicht, dass du mich noch einmal anfasst! Lilly

Die Ansage ist ziemlich direkt, aber es geht nun mal nicht anders. Seufzend tippe ich BDs Nummer ein, schicke die SMS ab und stopfe das Handy in den Rucksack zurück. Fünf Sekunden später lehnt er wieder am

Stamm des Apfelbaums und ich liege mit geschlossenen Augen im Gras.

Ich warte und warte ... und warte. Nach gefühlten fünf Minuten ist Blümchen noch immer nicht zurück. Bestimmt hat Oma Brille sie in ein Gespräch verwickelt, denke ich und will mich gerade erheben, da trifft mich ein eiskalter Wasserstrahl mitten ins Gesicht.

»Uaaah!«, schreie ich und bin in null Komma nix auf den Beinen. Hinter der Wildrosenhecke ertönt ein unterdrücktes Kichern, und im nächsten Moment erscheinen zwei dunkelhaarige Schöpfe, die sich flugs entfernen. – Verdammt, das können doch nur Luis und Malte gewesen sein!

Herr Semmelfein springt ebenfalls auf und fängt wie verrückt an zu bellen, und nur einen Atemzug später taucht Blümchen in der Terrassentür auf.

»Was ist passiert?«, ruft sie zu mir herüber.

»Die beiden Oberblödhammel aus dem Libellenweg haben mir 'ne Ladung Wasser ins Gesicht gespritzt!«, antworte ich wütend.

Herr Semmelfein kläfft zu meiner Unterstützung, Brotbäckchen hat für diese Sache allerdings nur ein müdes Blinzeln übrig. Sie räkelt sich kurz, kringelt sich wieder zusammen und schläft weiter.

»Diese Idioten!«, schimpft Blümchen, während sie auf mich zugelaufen kommt. »Wenn du mich fragst: Das schreit nach Rache.«

Ich werfe die geballten Fäuste in die Luft. Und wie das nach Rache schreit! Verdient haben es diese beiden Vollpfosten schon lange, dass wir endlich einmal zurückschlagen, schließlich piesacken sie uns schon seit über einem Jahr. Bisher war es Blümchen und mir nur zu blöd, uns auf ihre Ebene zu begeben. Mit Flitzegummis Kirschkerne auf Leute zu schießen, einem eine tote Maus in den Gummistiefel zu stecken oder mit Wasserpistolen zu hantieren, ist eindeutig unter unserem Niveau.

»Uns müsste etwas wirklich richtig Gutes einfallen«, sage ich. »Etwas, das diese Pappnasen so sehr beeindruckt, dass sie es nicht einmal mehr wagen, uns auch nur schief anzugucken.«

Blümchen knetet ihre Unterlippe und nickt nachdenklich vor sich hin.

»Vielleicht sollten wir deine Wundersprüchebox befragen«, meint sie nach einer Weile. »Du hast sie doch hoffentlich dabei, oder?«

Klar hab ich das. Zwar nicht den ganzen Schuhkarton mit der kompletten Sammlung, sondern nur einen Teil davon, aber der wird es sicherlich auch tun.

»Warte hier, ich hole sie«, sage ich und hechte davon.

Anders als Blümchen habe ich meinen Rucksack vorhin nämlich gleich im Flur gelassen. Wenn wir uns ohnehin erst morgen mit den Hausaufgaben beschäftigen wollen, muss ich ihn ja nicht überall mit mir rumschleppen.

Ich hole die leuchtend türkisfarbene Blechschachtel hervor, in die ich für jedes Wochenende, das ich bei meiner Großmutter verbringe, einen Teil der Wunderspruchzettel abfülle, und eile wieder in den Garten hinaus.

Nachdem ich das Blumenbeet umrundet habe, sehe ich, dass Blümchen mit gerunzelter Stirn auf ihr Handy starrt.

Björn-Dakota!, durchzuckt es mich. Oh nein! Oh nein!

Instinktiv verlangsame ich meinen Schritt. Womöglich hat er meine Absage doch nicht geschluckt, sondern Blümchen eine Antwort-SMS geschickt ... Oder sie vielleicht sogar angerufen.

»Lilly Wunderbar, das mit der Handynachricht war so ziemlich die belämmertste Idee, die du jemals hattest«, murmele ich. Inzwischen könnte ich mich in den Hintern beißen, dass ich nicht gleich mit offenen Karten gespielt habe! Jetzt kann ich nur hoffen, dass BD keine Probleme macht.

»Und?«, frage ich, während ich mich meiner Freundin langsam nähere. »Alles klar?«

Blümchen zuckt erschrocken zusammen und lässt das Handy eilig in ihrem Rucksack verschwinden.

»Äh ... ja ... klar«, stammelt sie.

»Hat jemand angerufen?«, frage ich harmlos, während ich mich neben ihr niederlasse und den Deckel der Blechschachtel öffne.

»Ähm ... nein.« Meine Freundin schüttelt den Kopf und deutet auf die Schachtel. »Willst du sie vorher nicht lieber noch mal gut durchschütteln?«

»Nicht nötig«, behaupte ich. »Man zieht sowieso

immer die passende Antwort. Das geschieht ganz automatisch.«

Blümchen zuckt die Achseln. »Na, wenn du meinst«, erwidert sie und schiebt den Rucksack verstohlen hinter ihren Rücken.

»Was tust du denn so geheimniskrämerisch?«, frage ich, wild entschlossen, ihr alle meine Sünden bezüglich Björn-Dakota zu beichten. Doch zuerst muss ich in Erfahrung bringen, ob er sich auf meine SMS tatsächlich bei ihr gemeldet hat.

Meine Freundin setzt eine Unschuldsmiene auf. »Wieso?«

»Na, weil du gerade so verwundert auf dein Handy geglotzt hast«, gebe ich zurück.

»Hab ich das?« Wieder zuckt Blümchen nur die Achseln. Dann tut sie so, als würde sie sich ganz plötzlich erinnern, und schlägt sich mit der Hand gegen die Stirn. »Ach so. Nee ... das war nur meine Mutter. Sie wollte wissen, wann genau ich am Sonntag nach Hause komme. Sie hat jemanden zum Kaffee eingeladen.«

»So? Wen denn?«

»Ach, irgend so eine entfernte Verwandte ... eine Großtante, die ich noch nicht kenne.«

Blümchen war noch nie gut im Schwindeln. Ihre Wangen röten sich, ihre Pupillen flackern und ihre Lider klappern doppelt so schnell wie üblich. Ich bin kurz davor, ihr auf den Kopf zuzusagen, dass ich sie durchschaut habe und sie mir gefälligst die Wahrheit sagen soll, doch dann schlucke ich den aufkeimenden Zorn hinunter, atme einmal tief durch und besinne mich eines Besseren: Ich werde ihr endlich mein Geständnis machen und damit hoffentlich alles, was sich da gerade zwischen uns aufzubauen droht, schnellstens wieder einreißen.

»Es war Björn-Dakota, stimmt's?«

»Quatsch! Wie kommst du denn da drauf?«, entgegnet Blümchen heftig, und ihre Augen flackern ganz fürchterlich.

»Na ja, das mit dieser komischen Tante nehme ich dir jedenfalls nicht ab«, sage ich.

»Deine Sache«, schnappt sie. »Björn-Dakota war es jedenfalls nicht. Oder denkst du etwa, ich habe dem meine Handy-Nummer gegeben?« Sie tippt sich an die Stirn. »Wofür hältst du mich eigentlich?«

Keine Ahnung. Ich sehe sie unschlüssig an, und statt ihr zu antworten, ziehe ich mir die Schultern bis zu den Ohren hinauf. Ehrlich gesagt kapiere ich mittlerweile überhaupt nichts mehr. Wieso gibt sie nicht einfach zu, dass BD ihr eine Nachricht geschickt hat? Wahrscheinlich hat er sie bekniet, sich das Ganze noch mal zu überlegen. Und darüber könnte sie doch mit mir reden. Immerhin hat sie mich beauftragt, ihm zu sagen, dass sie nichts von ihm will. Genau das habe ich getan. Auf welche Weise spielt dabei ja wohl kaum eine Rolle. Ob heute Mittag in der Schule unter vier Augen oder eben via Handy ... Hoppla! Plötzlich schwant mir, was in ihr vorgeht.

»Von mir hat er die Nummer jedenfalls auch nicht«, stelle ich klar. »Du brauchst dich also nicht aufzuregen.«

»Tu ich ja gar nicht«, brummt sie und weist noch einmal auf die Blechschachtel. »Willst du nicht endlich einen deiner berühmten Wundersprüche ziehen?«

BD hat sich also tatsächlich bei ihr gemeldet, denke ich, sehe sie an und seufze leise. Irgendwas ist auf jeden Fall im Busch, das spüre ich, doch weiter nachzubohren hat offensichtlich keinen Sinn – zumindest vorerst. Wenigstens scheint Blümchen nicht sauer auf mich zu sein, und das ist die Hauptsache.

»Okay«, sage ich, »dann brauchen wir aber zunächst mal eine Wunderspruchfrage.«

Ohne Wunderspruchfrage keine Wunderspruchantwort, das ist ja wohl klar!

»Wie können wir uns an Luis und Malte rächen!«, kommt es wie aus der Pistole geschossen von meiner Freundin.

»Jep«, sage ich und will schon in die Schachtel greifen. Aber dann habe ich plötzlich meine Zweifel. »Nee, das ist vielleicht doch nicht so gut.«

»Wieso?«

»Wenn wir uns einfach nur rächen, schlagen diese Idioten irgendwann zurück«, erwidere ich. »Und darauf kann ich nun echt gut verzichten.«

»Ich auch«, erwidert Blümchen und kreuzt entschlossen die Arme vor ihrer Brust. »Dann lautet die Frage also: Was müssen wir tun, damit Luis und Malte uns ein für alle Mal in Ruhe lassen?«

»Sehr gut.«

Ich nicke zufrieden, schließe die Augen und lasse meine Finger in die Wundersprücheersatzschachtel gleiten. Mit aller Kraft konzentriere ich mich auf die Frage und greife zu.

Blümchen rutscht sofort neben mich und verfolgt mit Spannung, wie ich den Zettel aufrolle.

In diesem Sommer trägt Frau wieder Rock mit Blümchen.

»Hä?«, stößt meine Freundin aus. »Was soll das denn jetzt? Pfff ... das war ja wohl gar nichts!«

Sie hat es kaum ausgesprochen, da trifft ein weiterer Wasserstrahl Herrn Semmelfein auf die Nase. Mühsam rappelt er sich hoch und bellt uns wütend an.

»Hahaha!«, ertönt Maltes fiese Lache hinter der Rosenhecke. »Dieser Hornochse von einem Köter denkt, dass ihr ihn nass gespritzt habt!«

»Sehr lustig!«, fauche ich und hechte mit einem Satz auf die Hecke zu. »Ihr haltet euch wohl für die Allergrößten. Bloß weil ihr einen armen alten, fast blinden Hund ärgert.«

»Genau!«, wettert Blümchen. »Ganz gemeine, feige Tierquäler seid ihr nämlich.«

»Ha, und ihr seid feige, wasserscheue Porzellanpüppchen!«, geifert Luis.

Seine hellen Augen blitzen übermütig zwischen dem ganzen Blattgrün und Blütenrosa hervor. Er trägt seine dunkelbraunen Haare etwas länger als Malte, dafür hat der eine dieser bescheuerten Olauku-Frisuren, die nur mit pfundweise Gel nach etwas aussehen.

»Porzellanpüppchen?«, knurre ich. »Wenn du dich da mal nicht irrst!«

»Na, dann beweist doch euren Mut und kommt morgen Vormittag um zehn zum Nesselsee«, fordert Malte uns heraus.

Blümchen schluckt. Ich bemerke das Zaudern in ihrem Blick, aber darauf kann ich jetzt keine Rücksicht nehmen. Denn mir ist gerade schlagartig klargeworden, was der Wunderspruch zu bedeuten hat.

»Worauf ihr euch verlassen könnt!«, rufe ich und recke kampfeslustig meine Faust in die Luft.

Rache ist süß

»Das verzeihe ich dir nie«, knurrt Blümchen, als wir am nächsten Morgen um kurz vor neun nebeneinander im Bad stehen und unsere Zahnbürsten mit Kräuterpasta beladen. »Wie konntest du dich bloß so von diesen Blödmännern provozieren lassen! Und jetzt willst du mir nicht einmal verraten, was du vorhast.«

Ich verdrehe die Augen, denn es ist natürlich nicht das erste Mal, dass sie mir Vorwürfe macht, weil ich gestern auf Maltes und Luis' Herausforderung eingestiegen bin.

»Vertrau mir einfach«, sage ich und versenke die Zahnbürste in meinem Mund.

Drei Minuten schrubben wir schweigend vor uns hin, dann spuckt Blümchen als Erste aus.

»Ich bin deine beste Freundin«, brummt sie. »Es ist wirklich traurig, dass ich dich daran erinnern muss.«

»Keine Sorge«, entgegne ich. »Das habe ich nicht vergessen. Im Übrigen wolltest du mir ja auch nicht verraten, wer dich angerufen hat.«

Blümchen spült ihre Zahnbürste aus und pfeffert sie in ihre Kulturtasche.

»Meine Mutter«, erwidert sie ungehalten. »Das hab ich dir doch schon gesagt.«

»Klar«, gebe ich zurück. »Und wenn ich deine Mutter jetzt anrufen und fragen würde, würde sie mir natürlich sofort bestätigen, dass morgen *irgend so eine entfernte Verwandte* zum Kaffee kommt, die du unbedingt kennenlernen musst.«

Meine Freundin zieht geräuschvoll Luft in ihre Nase und mustert mich finster.

»Vertrau mir einfach, okay?«, sagt sie schließlich.

Ich habe Mühe, mir meine Überraschung nicht anmerken zu lassen. Blümchen verbirgt also tatsächlich etwas vor mir! Und obwohl mir das im Prinzip ja gestern schon klar war, wirft es mich jetzt doch ein wenig aus der Bahn.

»Okay«, krächze ich. »Vertrauen gegen Vertrauen.«

Wir erklären Oma Brille, dass wir keine Zeit für ein ausgedehntes Frühstück haben und nur rasch ein Glas Milch und einen Marmeladentoast herunterschlingen können.

»Was habt ihr denn vor?«, erkundigt sie sich auffällig beiläufig, während sie sich einen ihrer supergesunden Vitaldrinks aus Granatapfelsaft, Goji-Beeren und Moringapulver mixt. Zu einer knielangen graublauen Tunika mit farblich dazu passender Leinenhose trägt sie heute die Brille mit den orangefarbenen Punkten.

»Och, bloß ein kleines Picknick am Nesselsee«, erwidere ich ebenso beiläufig.

Meine Großmutter setzt eine ernste Miene auf. »Soll ich das gut finden?«

»Ganz wie du willst«, gebe ich achselzuckend zurück.

»Ich könnte es euch verbieten«, sagt sie streng.

»Und wir hätten es dir verschweigen können«, murmele ich.

Oma Brille schürzt die Lippen. Schweigend betrachtet sie die gräulichrote Brühe im Mixerglas.

»Ich habe jedes Wort verstanden«, meint sie schließlich.

»Wir wollen nicht baden, falls du das denkst«, beeile ich mich zu sagen. »Blümchen und ich wissen, dass es gefährlich ist.«

Meine Großmutter sieht mich mit hochgezogenen Augenbrauen an. »Verstehe«, entgegnet sie. »Ihr wollt den Jungs beim Baden zuschauen.«

»Aber ...«, bin ich drauf und dran einzuwenden, doch Oma Brille bringt mich mit einer ungeduldigen Geste zum Schweigen.

»Ich weiß, dass die Jungs aus der Siedlung sich nicht um die Strudel scheren«, unterbricht sie mich. »Also versuch gar nicht erst, mir etwas vorzumachen.«

»Tu ich ja gar nicht«, sage ich erbost. »Die Jungs dort interessieren uns allerdings nicht die Bohne. Das Thema hatten wir doch gestern schon.«

Oma Brille nimmt das Glasgefäß aus dem Mixer und füllt die Gesundheitsbrühe in eine große Tasse. »Hmhm«, macht sie und lässt sich in aller Ruhe am Küchentisch nieder.

Es gibt kein Verbot, allerdings auch keine Erlaubnis. Anscheinend will sie uns noch eine Weile zappeln lassen.

»Wir müssen Blätter sammeln«, wirft Blümchen ein. »Für den Biounterricht am Montag.«

Überrascht fliegt mein Blick zu ihr. Sie zwinkert mir zu. Ich atme erleichtert auf und zwinkere dankbar zurück.

»Warum sagt ihr das denn nicht gleich?«, brummt meine Großmutter.

»Weil wir dich testen wollten, Omilein«, sage ich, schlinge ihr meinen Arm um den Hals und küsse sie auf den Kopf. »Ob du auch gut auf uns achtest.«

»Wohl eher, wie viel ihr euch bei mir herausnehmen könnt«, entgegnet sie und fuchtelt mit ihrer Hand in Richtung Tür. »Na, haut schon ab und gönnt einer alten Frau ein bisschen Ruhe!«

»Danke, Omi!«, jubele ich, beuge mich herunter und verpasse ihr nun einen Kuss auf die Wange.

Drei Sekunden später sind Blümchen und ich aus der Küche.

»Aber spätestens um vierzehn Uhr seid ihr wieder zurück!«, ruft Oma Brille uns nach.

»Was ist denn hier drin?«, fragt Blümchen und klopft auf meinen prall gefüllten Rucksack. »Machen wir etwa doch ein Picknick?«

»Nee, eher nicht«, sage ich, während ich Oma Brilles rostigen Zweitesel begutachte. Besonders vertrauenerweckend sieht er nicht aus. »Ich glaube, das nimmst besser du«, entscheide ich und deute auf das Hollandrad.

»An diesem hier ist die Kette locker. Außerdem bin ich mir nicht sicher, ob die Reifen die Luft halten.«

Wir haben zwar eine Pumpe dabei und eine abgesprungene Kette kann ich auch wieder aufsetzen, aber ich möchte nicht, dass meine Freundin sich mit dem Problemfahrrad herumschlagen muss. Ich bin ja schon froh, dass sie überhaupt bei dieser Aktion mitmacht.

»Und was ist nun in dem Rucksack?«, bohrt Blümchen weiter.

»Weder Kartoffelsalat noch gegrillte Hähnchenschenkel«, antworte ich. »Nur so viel: Ich war heute Morgen in aller Herrgottsfrühe auf dem Dachboden.«

Auf Blümchens Stirn bildet sich eine Steilfalte. »Und?«, fragt sie irritiert.

Ich werfe einen Blick auf meine Armbanduhr.

»Du hast exakt eine halbe Stunde, um selber drauf zu kommen ... oder du lässt dich überraschen.«

»Wir kommen sowieso zu spät«, brummt sie.

»Genau das gehört zu meinem Plan«, sage ich und setze meinen Fuß auf die Pedale.

Ich lasse den Rostesel bis zum Straßenrand rollen, dann schwinge ich mich auf den Sattel und radele los. Einen Atemzug später ist meine Freundin neben mir.

»Wenn du es mir verraten würdest, könnten wir die Vorfreude teilen«, ruft sie mir zu.

»Stimmt«, sage ich. »Allerdings wäre meine dann nur halb so schön.«

Ich bin nämlich nicht nur auf Maltes und Luis'

Reaktion gespannt, sondern auch auf Blümchens. Ich wette, sie kriegt sich nicht mehr ein vor Vergnügen.

»Du bist gemein«, knurrt sie.

»Und du solltest lieber hinter mir fahren«, erwidere ich grinsend. »Nebeneinander ist nämlich verboten.«

»Als ob dich das kümmert«, gibt Blümchen zurück, lässt sich dann aber doch zurückfallen und bleibt den ganzen Weg bis zum Nesselsee brav hinter mir.

Erstaunlicherweise springt die Kette kein einziges Mal ab, sodass wir die Fahrt nicht unterbrechen müssen und um kurz vor halb elf das Wäldchen erreichen, an dessen anderen Ende der Nesselsee liegt. Er ist der größte von drei Baggerseen und als einziger nie zum Baden freigegeben worden. Vor etlichen Jahren, als ich noch gar nicht auf der Welt war, hat irgend so ein reicher Schnösel ihn gekauft und das ganze Areal drumherum mit einem Maschendrahtzaun umgeben lassen. Er hatte wohl gedacht, dass er dort eine luxuriöse Villa hinsetzen könnte, aber dafür hat er bis zum heutigen Tag keine Baugenehmigung erhalten.

Inzwischen hat der Zaun diverse Löcher und es liegt eine Menge Müll auf dem Gelände verstreut. Die Strudel, von denen Oma Brille immer spricht, existieren in Wirklichkeit wahrscheinlich gar nicht. Ich glaube, sie sind eine Erfindung der Erwachsenen, die ihre Kinder davon abhalten wollen, auf privatem Grund herumzustromern. – Ohne durchschlagenden Erfolg natürlich, denn für viele Jungs ist dieses Gebiet in der Tat ein einziger großer Abenteuerspielplatz.

Ich persönlich finde die vielen umgestürzten Bäume, das kratzige Brombeergestrüpp und das mit Brennnesseln überwucherte Ufer des Sees nicht besonders einladend. Es gibt nur eine einzige kleine und eigentlich auch ganz hübsche Badestelle, aber da lungern meistens Luis, Malte und Konsorten herum, und deshalb sind Blümchen und ich bisher auch erst zweimal dort gewesen.

Die schmalen Waldwege sind ganz schön holperig. Der dick gefüllte Rucksack auf meinem Rücken tanzt auf und ab und der rostige Drahtesel klappert fürchterlich. Blümchen hat ohne Gepäck und mit Oma Brilles Hollandrad natürlich überhaupt keine Probleme. Lachend zieht sie an mir vorbei und tritt kräftig in die Pedale, sodass sie das Waldende noch vor mir erreicht.

»Das ist nun also der Dank dafür, dass ich dir das gute Fahrrad überlassen habe«, schimpfe ich, als ich sie eingeholt habe.

»Wir können auf dem Rückweg ja tauschen«, stellt sie mir in Aussicht, aber das kommt für mich nicht infrage.

»Du bist der Gast, und Gäste kriegen immer eine Vorzugsbehandlung«, lehne ich ihr Angebot kategorisch ab. »So«, sage ich dann, »das letzte Stück gehen wir zu Fuß.«

Blümchen fasst nach meiner Hand und schaut auf meine Uhr.

»Schon fast zwanzig vor«, seufzt sie. »Hoffentlich sind die beiden überhaupt noch da.«

»Wieso denn *hoffentlich*?«, frage ich schelmisch. »Ich dachte, du kannst Luis und Malte nicht ausstehen.«

»Kann ich auch nicht«, erwidert sie. »Ich bin bloß sooo gespannt auf deine geblümte Racheaktion.«

Tja, das bin ich selber auch. Um sie durchziehen zu können, müssen nämlich bestimmte Voraussetzungen erfüllt sein. Und deshalb heißt es jetzt: Daumen drücken!

Wir verstecken unsere Fahrräder hinter einen dicht belaubten Busch und schließen sie dort zusammen. Um den Rostesel wäre es nicht schade, dem Hollandrad sollte jedoch nicht eine Speiche gekrümmt werden. Außer Bus und Bahn ist es nämlich das einzige Fortbewegungsmittel, das meine Großmutter besitzt.

Am Ende des Weges biegen wir rechts in einen Trampelpfad ein, der zwischen Waldrand und Maschendrahtzaun entlangführt, und nach knapp fünfzig Metern erreichen wir die erste größere defekte Stelle. Hastig schlüpfen Blümchen und ich durch das Loch und arbeiten uns geduckt in Richtung Seeufer vor.

»Was, wenn sie uns eine Falle stellen?«, wispert Blümchen plötzlich. »Wenn sie Freunde mitgebracht haben, uns fesseln und knebeln und hier irgendwo in der Wildnis zurücklassen?«

Zugegeben: Das ist keine angenehme Vorstellung, doch ich wische sie energisch beiseite und sage: »Unsinn! Oma Brille weiß doch, wo wir sind. Wenn wir nicht spätestens um halb drei bei ihr aufkreuzen, wird sie uns suchen.«

»Pfff«, stößt Blümchen leise schnaufend hervor. »Es

dauert doch ewig, bis sie hier ist ... Ohne Fahrrad. Außerdem ist das Gelände ziemlich groß.«

Diese Einwände sind leider absolut berechtigt, und allmählich befürchte ich ebenfalls, dass wir den Jungs auf den Leim gehen könnten, bevor ich meine schöne Rachelektion in die Tat umsetzen kann.

»Vergessen wir's also!«, raunt Blümchen und krallt ihre Finger um meinen Arm. »Ich habe echt keine Lust, hier die Nacht zu verbringen.«

Wir tauschen einen nervösen Blick. Es gefällt mir nicht, einfach so aufzugeben, aber dann nicke ich doch. Um die Aktion allein durchzuziehen, fehlt mir schlicht und ergreifend der Mumm.

Just in dem Moment, als wir uns umdrehen und zurückgehen wollen, ertönt vom See ein unterdrücktes Lachen zu uns herüber.

Blümchen und ich halten kurz inne. Wir hören auf zu atmen und lauschen angespannt.

»Wetten, die trau'n sich nicht«, behauptet jemand.

Blümchen und ich sehen einander an. Das ist eindeutig Maltes Stimme gewesen!

»Auch egal«, antwortet Luis. »Ohne die blöden Weiber haben wir noch mehr Spaß.«

Wasser spritzt und ein weiteres Lachen erschallt. – Perfekt!

Ich stoße einen Schwall Luft aus und zische: »Die sind schwimmen gegangen. Alle beide. Und sie sind allein.«

Blümchen nickt, zögert allerdings noch. Offenbar braucht sie einen kleinen Motivationsschub.

»Guck mal hier«, sage ich, nehme meinen Rucksack von der Schulter und öffne den Reißverschluss.

Meine Freundin wirft einen Blick auf den Inhalt und stutzt. Sie sieht mich an und ein breites Grinsen zieht sich von einem Ohr zum anderen. »Warum hast du mir das nur verheimlicht?«, wispert sie. Dann reckt sie den Daumen hoch. »Ultrageniale Idee.«

»Also machen wir's?«, vergewissere ich mich.

»Und wie wir das machen!«, erwidert Blümchen.

Wieder greift sie mich am Arm, diesmal jedoch, um mich weiter zum See zu ziehen.

Wieselflink, absolut lautlos und noch immer tief geduckt arbeiten wir uns voran. Erst als wir die Wasseroberfläche in der Sonne glitzern sehen, heben wir die Köpfe und spähen zum Ufer hinüber.

Wie ich vermutet habe, planschen Luis und Malte beide im See. Sie haben ihre blöden Wasserpistolen dabei und spritzen sich gegenseitig ins Gesicht.

»Treffer!«, brüllt Malte. »Drei zu zwei für mich!«

Luis tippt sich an die Stirn. »Du blöder Spinner, du hast voll danebengeschossen!«

»Das wüsste ich aber«, gibt Malte zurück und lässt eine weitere Ladung auf Luis niedergehen.

»Was für Idioten«, murmele ich und deute auf einen Baumstumpf, der sich in Ufernähe befindet. »Da sind ihre Klamotten.«

»Mist«, flüstert Blümchen. »Das schaffen wir doch nie.«

»Abwarten und Tee trinken«, sage ich, während ich die beiden Jungs im Auge behalte.

Luis ist gerade untergetaucht. Kurz darauf stößt Malte einen Schrei aus und verschwindet ebenfalls unter der Wasseroberfläche.

»Ich mache es allein«, raune ich, zerre Oma Brilles alte Blumenkleider aus dem Rucksack und klemme sie mir unter den Arm.

»Und wenn sie es mitkriegen?«, krächzt Blümchen. »Wenn sie dich fangen und ins Wasser ziehen?«

»Keine Sorge. Bevor die da raus sind, bin ich längst über alle Berge.«

»Okay.« Blümchen nagt nervös an ihrer Unterlippe. »Okay.«

Ich werfe noch einen letzten Blick auf den See. Mittlerweile sind Luis und Malte schätzungsweise zehn Meter von der Uferböschung entfernt und damit beschäftigt, sich gegenseitig unterzutauchen.

»Die rechnen doch gar nicht mehr mit uns«, wispere ich und laufe los.

Die ersten paar Schritte bemühe ich mich noch um Deckung, aber dann ist mir auch das egal. Ich erreiche den Baumstumpf, schnappe mir die Klamotten der Jungs und lasse stattdessen die Kleider dort liegen. Anschließend drehe ich mich blitzschnell um und haste zu meiner Freundin zurück.

»He, da war was!«, höre ich Luis rufen.

»Hey!«, brüllen jetzt alle beide.

»Los, weg hier!«, keuche ich, greife nach meinem Rucksack und stopfe die Sachen der Jungen hinein: zwei Hosen, zwei T-Shirts und zwei Boxershorts.

Blümchen und ich rennen, als ginge es um unser Leben. Wir springen über herabgefallene Äste und niedriges Gestrüpp und atmen erst auf, nachdem wir durch das Zaunloch geschlüpft sind.

»Mann, das war knapp«, keucht Blümchen und hält sich die Seite. »Ich dachte, ich sterbe, als Luis zu dir rübergeguckt hat.«

»Er hat es also gesehen?«

Blümchen nickt. »Garantiert.«

»Egal«, sage ich. »Sie sind eh verloren.«

»Blamiert bis auf die Knochen«, kichert Blümchen.

»Na ja, noch nicht«, entgegne ich. »Den letzten Teil unseres schönen Racheplans haben wir ja noch zu erledigen.«

»Was hast du denn vor?«, fragt Blümchen, während wir den Trampelpfad entlang zu unseren Fahrrädern eilen.

»Na, was wohl?«, erwidere ich, ziehe mein Handy aus der Klappentasche des Rucksacks hervor und tippe auf die Kameralinse.

»Das kannst du nicht machen.« Auf Blümchens Gesicht zeichnet sich Unwillen ab. »Das ist gemein.«

»Ich will es ja niemandem zeigen«, beschwichtige ich sie, krame den Schlüssel aus meiner Hosentasche und öffne das Kettenschloss. »Außer Malte und Luis natürlich.«

Blümchen schnappt sich das Hollandrad und rollt es auf den Waldweg zu. »Es ist trotzdem gemein«, sagt sie.

»Es muss aber sein«, beharre ich. »Denn nur so sind

wir vor weiteren Attacken sicher. Und deshalb warten wir hier auf sie.«

»Was? Hier?« Meine Freundin bläht empört die Backen. »Und wenn sie uns schnappen und dir das Handy wegnehmen? Ich meine, es sind Jungs. Die sind stärker als wir.«

»Sie tragen Blumenkleider«, sage ich. »Darin fühlen sie sich garantiert alles andere als stark.«

»Sie werden sie gar nicht anziehen«, prophezeit Blümchen. »Sollen wir wetten? Ich an ihrer Stelle würde jedenfalls eher in einer nassen Badehose nach Hause fahren als in einem alten Mädchenkleid aus dem vorigen Jahrhundert.«

Verdammt, damit könnte sie recht haben! Was bin ich bloß für ein Hornochse!

»Hättest du es mir erzählt, hätten wir das Ganze zusammen planen können und vielleicht wäre ...«

»Ja, ja, ja!«, unterbreche ich sie. »Dann müssen wir die Jungs eben zwingen.«

»Ts!« Blümchen fasst sich an die Stirn. »Wie stellst du dir das vor?«

»Keine Ahnung«, sage ich und sehe mich hektisch um. »Indem wir ihre Klamotten verstecken und sie ihnen erst wieder zurückgeben, wenn wir das Foto im Kasten haben.«

»Du spinnst doch!«, schnauft Blümchen. »Ich finde, wir sollten ihre Sachen hier irgendwo hinlegen und abhauen.«

Ich schüttele energisch den Kopf. »Never! Dann sind

wir die Loser.« Und das kommt für mich überhaupt nicht infrage.

Noch haben wir Zeit genug, Luis' und Maltes Sachen in einen hohlen Baumstumpf zu stopfen oder unter einem Laubhaufen zu verbuddeln. Ich wundere mich ohnehin, dass die beiden sich so viel Zeit lassen. Eigentlich müssten sie doch sofort die Verfolgung aufgenommen haben und längst hier sein. Sind sie aber nicht. Ich höre nicht einmal ihre Stimmen. Und auch kein Rascheln oder Knacken.

»Verfluchter Kackmist«, schimpfe ich, während ich den Blick geradezu hypnotisch auf die Stelle gerichtet halte, an der der Trampelpfad in den Waldweg mündet. »Ich glaube, die sind einfach am See geblieben.«

»Von mir aus«, sagt Blümchen, die ihren Fuß bereits auf die Pedale gesetzt hat.

»Da stimmt was nicht«, murmele ich, drücke meiner Freundin die Klamotten in den Arm und setze mich langsam in Richtung Trampelpfad in Bewegung.

»Klar«, höre ich Blümchen hinter mir brabbeln. »Das ist eine Falle. Luis und Malte haben sich garantiert was richtig Fieses für uns ausgedacht. Meinetwegen kannst du da gerne hineintappen. Ich ziehe es jedenfalls vor, einen gewissen Sicherheitsabstand zu wahren und …«

Ich bringe sie mit einer kurzen Geste zum Schweigen und laufe unbeirrt weiter. Schritt für Schritt und mit klopfendem Herzen und vorgerecktem Kopf nähere ich mich dem Zaun. Und plötzlich sehe ich sie. – Luis und Malte in Oma Brilles alten Mädchenkleidern. Mit großen erschrockenen Augen starren sie mich an. Ich starre völlig perplex zurück, denn im ersten Moment bin ich doch überrascht, dass die beiden sich die Kleider tatsächlich übergezogen haben. Doch dann wird es mit einem Schlag taghell in meinem Oberstübchen, und ich kapiere, was los ist.

Die beiden konnten sich gar nicht zwischen den Kleidern und ihren nassen Badehosen entscheiden, weil sie nämlich gar keine Badehosen dabeihaben! Ha, und anstatt ihre Boxershorts anzubehalten, sind diese Blödhammel splitterfasernackt in den See gesprungen. Keinen Schimmer, was sie sich dabei gedacht haben. Vielleicht haben ihre Eltern ihnen ebenfalls verboten, hier zu baden. Oder sie haben gehofft, dass wir beim Anblick ihrer besten Teile einen Schreikrampf kriegen und in Ohnmacht fallen.

»Tja«, sage ich und kann den Triumph in der Stimme kaum verbergen. »Was für ein Pech aber auch, dass wir noch hier sind, he?«

Grinsend richte ich mein Handy auf sie – und drücke auf den Auslöser.

Yassi-Yasemin

Als ich am Sonntagabend nach Hause komme, herrscht ausgelassene Stimmung bei uns in der Wohnung. Mama hat eine ihrer Salsa-CDs eingelegt und tanzt mit Jackie durchs Wohnzimmer. Beide tragen kurze bunte Röcke und lassen die Hüften ordentlich schwingen.

Sie sind so vertieft in ihren Tanz, dass sie mich nicht bemerken, und so bleibe ich eine Weile auf der Schwelle stehen und sehe ihnen zu.

Es ist ein schönes Bild, das mich an früher erinnert, als wir uns alle noch richtig gut verstanden haben, und einen Moment lang wird mir total warm ums Herz. Aber dann fällt mir ein, dass Mama demnächst mit meiner Schwester zum Linkin-Park-Konzert fahren will, und mit einem Mal komme ich mir wie abgeschoben vor.

Jackie, Jackie, Jackie ... Wieso macht Mama plötzlich so viel mit ihr? Reicht es nicht, dass sie das coole Zimmer auf der Empore hat, mit eigenem Badezimmer und allem Pipapo? Muss meine Mutter Jackie nun auch noch behandeln, als wäre sie nicht ihre Tochter, sondern ihre beste Freundin?

Was ist mit mir? Oder mit Philipp? Wo steckt der überhaupt?

Und was ist mit Papa? Der müsste hier doch auch irgendwo sein.

Ich reiße mich von Mamas und Jackies Anblick los und stapfe den Flur entlang auf das Zimmer meines Bruders zu. Die Tür ist nur angelehnt. Vorsichtig drücke ich sie auf.

Natürlich! Na, klar! Mein Vater und mein Bruder liegen lang ausgestreckt auf dem Boden. Jeder hält eine Fernbedienung in der Hand und ihre Augen sind starr auf die Carrera-Bahn gerichtet. Ein roter und ein gelber Rennwagen sausen um die Wette. Auch Papa und Philipp nehmen keine Notiz von mir. Und wenn sie es doch tun, dann lassen sie es sich nicht anmerken.

Ich will mich gerade genervt abwenden, da spüre ich zwei warme Hände auf meinen Schultern.

»Hallo, Lilly«, begrüßt Mama mich. »Da bist du ja wieder. Wie geht es Oma?«, erkundigt sie sich, nachdem sie mir einen Kuss ins Haar gedrückt hat.

Im Wohnzimmer wird die Salsamusik auf normale Lautstärke heruntergedreht.

»Gut«, sage ich. »Sie hatte ein wenig Trouble mit ihrem Optiker, weil der ihr eine Brille angedreht hat, die ihr nicht gefällt, aber sonst ist alles in Ordnung bei ihr.«

»Hmm ... aha ...«, erwidert Mama zögernd. »Ich glaube, ich werde nächste Woche mal bei ihr vorbeischauen. Am Dienstag isst Philipp bei Niko zu Mittag, dann könnte ich gleich von der Buchhandlung aus nach Wittenfeld rausfahren.«

»Ach so, und ich brauche wohl kein Mittagessen«, gebe ich grummelnd zurück.

»Wie wäre es denn, wenn du mit zu Kamilla nach Hause gehst?«, schlägt meine Mutter vor. »Deine Freundin ist schon so oft mit dir zusammen bei deiner Großmutter gewesen und da könn…«

»Ja, ja«, falle ich ihr ins Wort, während ich mich langsam zu ihr umdrehe. »Hab schon verstanden. Dann muss ja nur noch Jackie hungern.«

»Keine Sorge, Schwesterherz!«, ruft die von der Empore zu mir herunter. »Ich hab am Dienstag ebenfalls ein Date.«

»Was für ein Date?«, frage ich erschrocken.

»*Das* … braucht dich nicht zu interessieren«, erwidert sie und zwinkert mir zu.

»Tut es aber«, murmele ich, denn eigentlich wollte *ich* mich ja um die Angelegenheit kümmern. Heimlich natürlich.

Ich zwänge mich an meiner Mutter vorbei und folge der davonhuschenden Jackie in ihr Zimmer, doch die funkelt mich nur wütend an.

»Kannst du mich nicht mal fünf Sekunden in Ruhe lassen?«

»Pah!«, sage ich und zeige ihr einen Vogel. »Du tust ja gerade so, als würde ich dir ständig auf die Pelle rücken.«

»Machst du doch auch«, erwidert sie, schnappt sich ihren iPod, setzt den Kopfhörer auf und lässt sich rücklings auf ihr Bett fallen.

»Das wüsste ich aber«, brumme ich, schließe die Tür hinter mir und trete so nah an sie heran, dass meine Schienbeine die Bettkante berühren. »Du gehst mir aus dem Weg, wo du nur kannst. Ich hab ja nicht mal die Chance, fünf Sekunden mit dir zu reden.«

»Blablabla«, macht meine Schwester.

Sie verdreht die Augen und tippt auf ihren Kopfhörer. – Alles klar. Jackie hat keinen Ton von dem, was ich gesagt habe, verstanden, weil sie ihre blöde Musik viel zu laut aufgedreht hat.

Na, meinetwegen. Ich weiß schon, wie ich sie kriege.

Mit theatralischer Geste ziehe ich mein Handy hervor, hole das Foto von Luis und Malte aus dem Speicher und halte es meiner Schwester vors Gesicht.

Augenblicklich reißt sie sich den Kopfhörer herunter.

»Was ist das denn?«, kreischt sie und schnappt sich das Handy.

»Zwei Jungs aus Oma Brilles Siedlung«, antworte ich.

»Ja, aber wieso haben die Kleider an?« Jackie schüttelt den Kopf. »Wo ist das überhaupt?«

»In dem Wald am Nesselsee«, erkläre ich ihr. »Luis und Malte wollten Blümchen und mich verarschen. Was ihnen nicht gelungen ist, wie du siehst.«

»Allerdings«, kichert Jackie. »Stattdessen habt ihr sie verarscht, was?« Sie reckt ihren Daumen hoch und gibt mir das Handy zurück. »Hammergenial.«

Ihre blauen, mit schwarzem Kajal umrandeten Augen funkeln. Am liebsten würde ich hineintauchen und eine Weile in Jackies Anerkennung baden. Doch meine Schwester greift schon wieder nach ihrem Kopfhörer.

»Du siehst, ich kenne mich aus«, sage ich also hastig.

Jackie hält in ihrer Bewegung inne und richtet ihren Blick stirnrunzelnd auf mich. »Womit?«

»Na, mit Jungs, natürlich.«

»Klar.« Ein Grinsen zupft an ihren Mundwinkeln. »Flirten. Knutschen. Rumschmusen ... alles keine große Sache für dich, stimmt's?«

»Ähm ...« Jetzt bin ich aber baff. »Hast du etwa schon mal?«

»Was? Geknutscht?«

Jackie atmet leise stöhnend aus und lässt ihre Hand mit dem Kopfhörer auf ihren Bauch sinken.

»Nee«, sage ich. »Das andere. Rumschmusen und so.« Ich druckse ein wenig und habe große Mühe, nicht knallrot anzulaufen. »Du weißt schon.«

»Wenn du es wirklich genau wissen willst ...«, sagt Jackie gedehnt und mustert mich dabei geringschätzig.

»Ja«, erwidere ich tapfer. »Will ich.« – Was eine glatte Lüge ist. Ich möchte nicht mal übers Küssen reden. Allein der Gedanke daran jagt mir eine Gänsehaut über den Rücken.

»Ich habe es erst heute wieder getan.«

Was? Entsetzt schaue ich meine Schwester an. »Aber ich dachte, du hast keinen Freund.«

»Hab ich auch nicht«, entgegnet sie schulterzuckend. »Zum Knutschen oder Schmusen muss man ja nicht unbedingt mit jemandem zusammen sein.«

»Pffff…« Ich lasse eine ganze Ladung Luft ab. »Ich hätte nie gedacht, dass du…«, beginne ich, doch Jackie lässt mich nicht ausreden.

»Da kannst du mal sehen«, sagt sie und kriegt einen Lachanfall. Und ich stehe da und kapiere überhaupt nichts mehr.

Plötzlich hört sie auf zu lachen, pflanzt sich den Kopfhörer auf die Ohren und wedelt mich mit einer genervten Handbewegung aus dem Zimmer.

Zornig knalle ich die Tür hinter mir zu und springe mit einem Satz die acht Treppenstufen in den Flur hinunter und beinahe Mama auf die Füße.

»Hoppla«, sagt sie. »Ich glaube, ich hatte Vorfahrt.«

»Entschuldigung«, erwidere ich zerknirscht und überlege, ob es klug wäre, meiner Mutter von Jackies Freizeitgestaltung zu erzählen, verwerfe diesen Gedanken aber sofort wieder. Ich möchte nämlich nicht, dass Mama erfährt, was Blümchen und ich gestern mit Malte und Luis angestellt haben. Und das würde meine Schwester ihr garantiert sofort auf die Nase binden, wenn ihr klar wird, dass ich gepetzt habe.

»Hast du deine Hausaufgaben fertig?«, fragt meine Mutter jetzt.

»Alles erledigt. Ich muss mir nur noch mal ein paar Sachen für den Geschichtstest anschauen.«

»Na gut, Süße.« Sie lächelt mich an, aber ihr Blick ist nicht in meine Augen gerichtet. Abwesend streicht sie mir eine Locke aus der Stirn. »Dann hoffen wir mal, dass alles gut geht.«

»Klar. Wieso denn nicht?«, entgegne ich verwirrt. »Ich habe noch nie einen Test versemmelt.«

»Ja, natürlich, das weiß ich doch.« Mama lächelt noch etwas mehr und jetzt schaut sie mich auch richtig an. Die seltsame Nachdenklichkeit scheint verflogen. »Dann mach ich uns jetzt mal einen schönen Salat zum Abendessen.«

»Gute Idee«, sage ich. Dabei bin ich von dem Blaubeerkuchen, den Oma Brille zum Nachmittagskaffee gebacken hat, noch pappsatt. Ein paar Salatblätter werde ich hoffentlich trotzdem herunterkriegen. Mama reagiert nämlich immer ein bisschen empfindlich, wenn sie das Gefühl hat, dass man ihr Essen nicht mag.

Grübelnd gehe ich in mein Zimmer und drücke die Tür hinter mir zu. Ich frage mich, was es mit dem merkwürdigen Stimmungsumschwung meiner Mutter auf sich hat. Zuerst tanzt sie ausgelassen Salsa und eine Viertelstunde später ist sie beinahe trübsinnig. Ob irgendetwas vorgefallen ist, während ich bei meiner Schwester auf der Empore war? Oder macht Mama sich etwa Sorgen um Oma Brille? Ach nein, das glaube ich eigentlich weniger. Meine Großmutter ist wie Unkraut. Ich kann mich nicht erinnern, dass sie jemals auch nur einen Schnupfen hatte, und ich kenne niemanden, der so gut allein zurechtkommt wie sie.

Seufzend lasse ich mich aufs Bett fallen, knuffe den Kissenberg unter meinem Kopf zusammen und schaue mir das Foto von Luis und Malte noch einmal an. In den bunten Blumenkleidern sehen die beiden wirklich lustig aus. Und wie sie gucken! – Total erschrocken. Bestimmt haben sie eine Höllenangst davor, dass ich das Bild herumzeigen könnte. Dabei würde ich das niemals tun.

»Warum könnt ihr uns auch nicht einfach in Ruhe lassen?«, knurre ich und mache einen tiefen Atemzug, bevor ich das Foto lösche und das Handy auf den Nachttisch lege.

Meine Gedanken wandern zu Blümchen, die sich an diesem Wochenende mindestens genauso merkwürdig aufgeführt hat wie meine Mutter eben.

Heute ist sie natürlich nicht schon vor mir aufgebrochen, weil es diese *entfernte Verwandte* nämlich gar nicht gibt. Nicht, dass Blümchen das in irgendeiner Form zugegeben hätte. – Oh nein! Im Gegenteil: Sie hat diese komische Tante überhaupt nicht mehr erwähnt und die ganze Zeit über so getan, als ob es das Selbstverständlichste von der Welt wäre, dass sie mit mir zusammen in die Stadt zurückfährt.

Ich habe furchtbar mit mir gekämpft, sie dann aber doch nicht mehr darauf angesprochen. Vertrauen gegen Vertrauen: Immerhin ist das unsere Absprache gewesen. Trotzdem ist meine Geduld diesbezüglich nur begrenzt. Hoffentlich lässt Blümchen sich also mit der Offenbarung ihres Geheimnisses nicht allzu viel Zeit.

Ich stehe wieder auf, räume meinen Rucksack aus und fülle die Zettel aus der Wundersprücheersatzschachtel in die große Wundersprüchebox. Bevor ich sie unters Bett zurückschiebe, schüttele ich alles noch mal gut durch. Danach packe ich die Schulsachen für morgen zusammen, nehme eine neue Jeans und ein sonnengelbes T-Shirt mit orangefarbenem Aufdruck aus dem Schrank und lege beides auf meinen pinkfarbenen Sessel, der wie eine weit geöffnete Tulpenblüte geformt ist.

Ich mag es, wenn alles schön aufgeräumt und gut vorbereitet ist, und damit ich den Geschichtstest morgen auch tatsächlich nicht vergeige – der zählt nämlich bereits fürs nächste Schuljahr –, nehme ich mir gleich meine Unterlagen vor und gehe die wichtigsten Zahlen und Ereignisse noch mal durch.

Blümchen und ich haben wirklich gut gelernt. Ich kann die Daten in- und auswendig und anders wird es meiner Freundin garantiert auch nicht gehen.

Ich will die Geschichtssachen gerade wieder in meinen Rucksack stopfen, da piept mein Handy. Das Display leuchtet auf und das Briefumschlag-Icon zeigt mir den Eingang einer neuen Nachricht an.

»Wenn man an den Teufel denkt«, murmele ich und öffne sie in der Annahme, dass sie eigentlich nur von Blümchen sein kann.

Tut mir leid. Wenn ich's geahnt hätte, hätte ich dich natürlich niemals drum gebeten. Ich denk drüber nach. Versprochen.

Irritiert lese ich die SMS noch einmal. Und ein drittes Mal. In der Hoffnung, irgendwo einen Absender zu finden, wische ich den Touchscreen rauf und runter. Aber nix. Entweder hat derjenige, der mir die Nachricht geschickt hat, vergessen, seinen Namen darunter zu setzen, oder er will unerkannt bleiben.

Kopfschüttelnd starre ich auf die Zeilen. WER, zum Teufel, hat mich um WAS gebeten?

Eigentlich fällt mir zu diesem Thema nur Blümchen ein und der Auftrag, den sie mir bezüglich Björn-Dakotas gegeben hat. Aber die Nummer, von der aus die SMS geschickt wurde, ist eindeutig nicht ihre. Die kenne ich nämlich im Schlaf, während ich diese hier noch nie gesehen habe. Außerdem ergibt der Text überhaupt keinen Sinn. Was sollte Blümchen denn geahnt haben? – Gar nix! Weil es schlicht und ergreifend nix zu ahnen gibt.

»Wahrscheinlich eine Fehlleitung«, murmele ich und überlege, ob ich zurückschreiben oder vielleicht sogar dort anrufen soll, um die Angelegenheit zu klären.

Quatsch!, denke ich. Irgendwann wird der Absender schon merken, dass seine Nachricht nicht beim richtigen Empfänger angekommen ist. Sollte er sich ein weiteres Mal auf mein Handy verirren, kann ich die Sache auch dann noch richtigstellen.

Wie immer, wenn wir einen Test schreiben, ist Blümchen total rappelig. Und wenn sie rappelig ist, kann sie nicht Fahrrad fahren, weil sie dann nicht in der Lage ist, konzentriert auf den Verkehr zu achten. Also nehmen wir am Montagmorgen wieder die U-Bahn zur Schule.

Wir sitzen nebeneinander auf einem Viererplatz,

Blümchen am Fenster, ich am Gang, und sie wippelt ununterbrochen mit den Fersen auf und ab.

»Jetzt hör doch mal auf damit«, zische ich und halte ihr linkes Knie fest. »Du machst mich ganz nervös.«

»Geht nicht«, erwidert Blümchen und schiebt meine Hand zur Seite. »Wenn ich ruhig sitze, werde ich verrückt.«

»Mann, wir haben total gründlich gelernt«, beschwöre ich sie. »Du schaffst das schon.«

»Mhm.« Meine Freundin schüttelt verbissen den Kopf. »Ich krieg bestimmt 'n Blackout«, orakelt sie. »Ich kann mich schon jetzt kaum noch an was erinnern.«

»Gut«, sage ich. »Dann kriegst du auch keinen Blackout.«

Für einen Moment stoppt das Gewippel. »Wieso?«

»Weil du ihn jetzt schon hast.«

Blümchen verdreht die Augen. »Toll!«

»Nee, ganz im Ernst«, sage ich. »Wenn du jetzt einen Blackout hast, kehrt beim Anblick der Fragen auf der Stelle deine Erinnerung zurück.«

»Glaub ich nicht«, entgegnet sie. »Das hast du dir doch bloß ausgedacht.«

Die Bahn rollt in die nächste Station ein. Die beiden Männer, die uns gegenübersitzen, erheben sich, und Blümchen richtet ihren Blick aus dem Fenster.

»Stimmt«, gebe ich zu.

Und trotzdem weiß ich: Sobald Blümchen den Testzettel bekommt und merkt, dass sie die erste Aufgabe problemlos lösen kann, wird sämtliche Nervosität von ihr abfallen. Das ist bisher immer so gewesen. Und ich habe auch schon mindestens tausendmal versucht, ihr das zu verklickern, doch immer wieder weist Blümchen es weit von sich und behauptet, dass es sich in diesem Fall komplett anders verhalte.

»Siehste«, brummt sie nun und reckt plötzlich ihren Hals.

Der U-Bahn-Zug hat mittlerweile gehalten und seine Türen geöffnet. Unzählige Leute strömen auf den Bahnsteig, während große Menschentrauben ungeduldig darauf warten, dass sie endlich einsteigen und einen der begehrten Sitzplätze ergattern können.

»Mensch, da ist ja diese komische … Dings!«, ruft Blümchen jetzt und tippt mit dem Finger gegen die Scheibe.

»Was denn für 'ne Dings?«, frage ich und recke ebenfalls meinen Kopf vor, um besser sehen zu können.

»Na, das Mädchen von Freitag, das wir bei deiner Oma in der Einkaufsstraße getroffen haben.«

»Oh, du meinst Yasemin!«, rufe ich, und im selben Augenblick entdecke ich sie auch.

Sie steht mit etwas Abstand am Ende einer Menschentraube und wirkt ein wenig unschlüssig.

Ich springe auf, klopfe gegen die Scheibe und winke.

»Hey, Yassi, hier sind wir!«

»Mensch, Lilly, was soll denn das?« Blümchen packt mich am T-Shirt und zerrt mich auf den Sitz zurück. »Das kann sie sowieso nicht hören. Und überhaupt: Wieso nennst du sie Yassi? Du kennst sie doch gar nicht richtig.«

»Weil ich das besser finde als Yasemin«, gebe ich zurück. »Das ist viel zu lang und zu umständlich. Du hast schließlich auch einen Spitznamen.«

»Ja, klar, weil mein Name so schrecklich *lang* und *umständlich* ist«, gibt meine Freundin bissig zurück.

»Das ist doch etwas völlig anderes«, wende ich ein. »Du bist einfach mein Blümchen. Niemand sonst nennt dich so. Ein bisschen ulkig ist es allerdings schon, dass ihr beide Blumennamen habt«, murmele ich. »Kamilla und Yasemin.« – Ob das wohl etwas zu bedeuten hat?

»Was ist denn daran ulkig?«, pflaumt Blümchen mich an. »Außerdem ist Yasemin keine Blume.«

»Doch«, sage ich. Ich finde es nämlich ein wenig albern, wie sie sich gerade aufführt. »Yasemin ist dasselbe wie Jasmin, bloß auf Türkisch.«

»Na, wenn du meinst.«

Blümchen verschränkt die Arme vor ihrer Brust und guckt missmutig vor sich hin.

Inzwischen haben sich die Menschentrauben auf dem Bahnsteig aufgelöst und auch Yassi ist verschwunden. Der Zug setzt sich wieder in Bewegung, und ich lehne mich ein Stück nach rechts, damit ich den Mittelgang besser überblicken kann. Doch von Blume Nummer zwei ist nichts zu sehen. Anscheinend ist sie ein ganzes Stück weiter hinten eingestiegen. Dennoch habe ich das unbestimmte Gefühl, ihr schon sehr bald wiederzubegegnen.

In der ersten Doppelstunde haben wir Englisch und wie immer ist Mr Mellow auch heute wieder überpünktlich.

»Open your books at page thirty-seven«, sagt er, noch ehe sich alle hingesetzt und ihre Taschen und Rucksäcke geöffnet haben.

Da klopft es mit einem Mal energisch an der Klassenzimmertür.

»Ja, bitte!«, ruft Mr Mellow ungehalten.

Er ist immer voll in seinem Element und kann es überhaupt nicht leiden, wenn sein minutiös geplanter Unterricht durch irgendetwas Unvorhergesehenes gestört oder gar unterbrochen wird.

Die Tür öffnet sich, und unsere Schulleiterin, Frau Traube-Bömmelein, tritt herein.

»Na, komm schon«, sagt sie und winkt jemanden heran, der offenbar noch draußen im Gang steht. »Wirst sehen, deine neuen Klassenkameraden sind alle sehr nett. – Nicht wahr?«, fügt sie lächelnd an uns gewandt hinzu.

»Klar doch«, sagt Björn-Dakota und zwinkert Blümchen wie blöd zu. Die allerdings guckt stur in eine andere Richtung.

»Wir sind die nettesten«, bekräftigt Jannik.

Und dann steht sie plötzlich auf der Schwelle: Yassi-Yasemin in Jeans, langer hellblauer Bluse und einem dunkelgrünen Kopftuch, das eng an ihrem Gesicht anliegt, und mit einem Schlag ist es mucksmäuschenstill im Raum.

»Ja, bitte?«, fragt Mr Mellow noch einmal. Seine Laune scheint allmählich dem Nullpunkt entgegenzusinken.

»Das ist Yasemin Celik«, sagt Frau Traube-Bömmelein, und ihre runden braunen Augen funkeln fröhlich. »Eine neue Mitschülerin.«

»In dieser Klasse?«, vergewissert sich Mr Mellow.

»Ja, natürlich«, entgegnet unsere Schulleiterin mit einem irritierten Kopfschütteln. Offenbar ist ihr nicht geläufig, dass Mr Mellow die sonderbarsten Fragen stellen kann.

»Ich unterrichte gerade Englisch«, sagt er ein wenig genervt.

»Nun, ich denke, das dürfte kein Problem sein«, gibt Frau Traube-Bömmelein zurück. Sie nickt Yassi zu. »Oder?«

»Of course not«, beeilt diese sich zu erwidern. »Good morning, Mr Mellow«, richtet sie sich an unseren Englischlehrer und schließlich an uns alle. »Hello, boys and girls. My name ist Yasemin Celik. My parents are from Turkey, but I was born in this town.«

»Ja, ja, schon gut.«

Mr Mellow macht eine ungeduldige Geste und lässt seinen etwas hilflos wirkenden Blick durch den Klassenraum gleiten. »Mal sehen, ob wir noch einen Platz für dich finden ...«

»Ich nehme an, Sie kommen jetzt ohne mich zurecht?« Frau Traube-Bömmelein formuliert es als Frage.

»Ähm, ja ...«

Mr Mellow legt seine Hand in den Nacken und streicht langsam seinen Hinterkopf hinauf. Als er die Hand wieder runternimmt, stehen seine graubraunen Haare wie bei einem Besen ziemlich wild nach oben ab. Es sieht total lustig aus, und natürlich fangen Kristina, Marie und Annabelle und auch ein paar andere sofort an zu kichern.

»Ruhe, bitte«, sagt Mr Mellow.

Seine Augen leuchten auf, als er den freien Platz neben Bent entdeckt. »Dort kannst du dich hinsetzen ... äh ... Ayse.«

Unsere Schulleiterin hat den Klassenraum inzwischen verlassen und die Tür leise hinter sich geschlossen.

»Mein Name ist Yasemin«, sagt Yassi höflich, »und ich möchte bitte neben einem Mädchen sitzen.«

»Logisch«, ruft Jannik. »Jungs sind ja auch total gefährlich.«

»Das ist nicht der Grund«, erwidert Yassi, und ein zartes Rosa breitet sich über ihre Wangen aus. »Ich habe nichts gegen Jungen. Ich möchte nur nicht neben einem sitzen.«

»Hast wohl Angst, dass Bent dir voll auf die Pelle rückt, ne?«, spottet Kristina. Ihre Lippen verbiegen sich zu dem für sie so typischen arroganten Pissnelkengrinsen.

Yassi zuckt mit den Schultern. Sie hält Kristinas Blick tapfer stand und lächelt sogar. Aber es wirkt total unnatürlich. Ich spüre richtig, wie unbehaglich Yassi sich fühlt, und bin bereits drauf und dran, ihr meinen Platz neben Blümchen anzubieten, da sagt Mr Mellow:

»Also gut, Kristina, dann packst du jetzt bitte rasch deine Sachen zusammen und wechselst zu Bent hinüber.«

Wieder ist es mucksmäuschenstill im Raum, denn natürlich ist uns allen klar, dass das nicht ohne Komplikationen über die Bühne geht.

Zunächst passiert allerdings gar nichts, denn nun tut Kristina erst mal so, als ob sie Mr Mellows Aufforderung nicht gehört hätte. Und als er sie schließlich wiederholt, bekommt Kristina einen Tobsuchtsanfall. Sie fegt ihre Unterlagen vom Tisch, stampft mit den Füßen auf dem Boden herum und brüllt, dass Mr Mellow der unfairste und gemeinste Lehrer im ganzen Universum sei.

Marie und Annabelle fangen ebenfalls an zu schreien.

»Sie können die nicht auseinanderreißen!«, quietscht Ole und hüpft aufgeregt nach vorne. »Sehen Sie denn nicht, dass die zusammengewachsen sind?«

Daraufhin schreien Kristina, Marie und Annabelle noch lauter, und zwar so laut, dass garantiert selbst in Hinterbuxtehausen noch die Blumentöpfe von den Fensterbänken herunterpoltern.

Mein umherirrender Blick fällt versehentlich auf Björn-Dakota. Er grient mich an und tippt sich an die Schläfe. Schnell gucke ich wieder weg.

BD findet die Pissnelken also ebenfalls bescheuert. Na, das sollte er eigentlich auch, wenn er auf Blümchen steht. Alles andere wäre ja die pure Beleidigung. Da meine Freundin ihrerseits jedoch überhaupt nichts von ihm will, kann es mir im Grunde aber auch egal sein.

Ich sehe zu Yassi, die total schockiert aussieht und langsam rückwärts auf die Tür zugeht, und dann zu Mr Mellow, der zum ersten Mal seit fast zwei Jahren aus der Fassung zu geraten scheint. Sein Gesicht ist dunkelrot vor Zorn und seine Lippen zittern. Plötzlich saust er herum, stapft zur Tafel und hämmert mit der Faust dagegen.

Ole flitzt sofort auf seinen Platz zurück.

»Schluss jetzt!«, donnert Mr Mellow und wendet sich langsam wieder der Klasse zu.

Kristina, Annabelle und Marie verstummen. Alle starren wie gebannt zwischen ihnen und Mr Mellow hin und her.

»Aber nur, wenn ich hier sitzen bleiben darf«, stellt Kristina zur Bedingung, nachdem sie einmal tief Luft geschöpft hat.

»Ihr seid jetzt ruhig«, sagt unser Englischlehrer, und eine nie gekannte Schärfe schwingt in seinen Worten. »Und du, Kristina, machst gefälligst, was ich dir auftrage. Ansonsten gehen wir auf der Stelle zusammen zur Schulleiterin.«

»Ph!« Annabelle reckt ihren Kopf in die Höhe. »Frau Traube-Bömmelein ist mit Kristinas und meiner Mutter in derselben Gymnastikgruppe.«

»Meinetwegen können die drei Damen auch zusammen zum Mond fliegen«, erwidert Mr Mellow kühl. »Das ist ihre Angelegenheit und interessiert mich nicht weiter.«

Kristina schluckt, und mit einem Mal sind die drei Pissnelken kalkweiß im Gesicht, was ganz wunderbar zu ihren zitronengelben Spaghetti-Tops und den türkisfarbenen Haarbändern passt.

Ein paar spannungsvolle Sekunden liefern Mr Mellow

und Kristina sich noch ein Blick-Gefecht, dann schnellt Kristina hoch, klaubt ihre Sachen vom Boden auf und huscht zu Bent hinüber.

»Bitte schön, Gülcan«, sagt Mr Mellow, nachdem Ruhe eingekehrt ist, und weist auf den leeren Platz neben Marie.

»Tut mir leid«, stammelt Yassi, während sie sich zögernd in Bewegung setzt. »Es tut mir wirklich sehr, sehr leid ... Kristina.«

Jungs-Logik

Natürlich kommt unser Englischlehrer in dieser Stunde mit seinem Stoff nicht durch, und so brummt er uns alles, was wir nicht schaffen, als Hausaufgabe auf.

»Gemeinheit«, quiekt Ole, als Mr Mellow die Klasse verlassen hat. »Wir können doch gar nichts dafür.«

»Genau«, knurrt Niklas. »Besten Dank, Ya-Ya-Yasemin!«

»Ihre Schuld ist es ja wohl auch nicht«, erwidert Björn-Dakota und linst Beifall heischend zu mir und Blümchen herüber.

»Aber klar doch.« Niklas steht auf, schnappt sich seinen Rucksack und bedenkt Yassi mit einem finsteren Blick. »Sie hätte ja nicht ausgerechnet in unsere Klasse kommen müssen.«

»Ts!«, schnaube ich. »Das hat *sie* doch nicht zu bestimmen!«

»Wär ja auch kein Problem«, grummelt Niklas, während er auf die Tür zusteuert. »Soll sie eben ihr dummes Kopftuch ausziehen.«

»Was hat denn das eine mit dem anderen zu tun?«, wettert Blümchen. »Du würdest dich ja wohl auch nicht freiwillig neben ein Mädchen setzen.«

»Doch«, sagt Niklas und schaut zu Annabelle. »Käme halt drauf an.«

Dann wendet er sich ab und verschwindet hastig auf den Gang hinaus.

»Nächste Stunde will ich jedenfalls wieder auf meinen Platz«, fordert Kristina, packt ihre Sachen zusammen und stolziert zu ihren Pissnelkenfreundinnen hinüber.

»Ja ... klar«, stammelt Yassi und schießt von ihrem Stuhl hoch. »Ich kann auch neben Bent sitzen ... und bei den anderen Jungen.«

»Gut«, sagt Kristina mit einem überheblichen Lächeln im Gesicht.

»Tut mir wirklich leid«, erwidert Yassi kleinlaut. »Ich wollte das alles nicht.«

»Mir sowieso egal«, brummt Kristina. Sie drängt Yassi zur Seite und knallt ihre Umhängetasche auf den Tisch. »Wir haben erst übermorgen wieder Englisch. Bis dahin hat Mellow-Meloni eh voll vergessen, dass er mich umgesetzt hat.«

Blümchen und ich tauschen einen Blick. Keine Frage, sie kocht ebenso vor Zorn wie ich. Als ich jedoch den Mund aufmache, um Obernelke Kristina meine Meinung zu verdeutlichen, fasst meine Freundin mich am T-Shirt und raunt: »Jetzt komm schon! Sonst haben wir gar nichts mehr von der Pause.«

Widerstrebend folge ich ihr aus dem Klassenraum. Es behagt mir nicht, Yassi allein in den Klauen der Pissnelken zurückzulassen.

»Sie kann sich schon selber helfen«, sagt Blümchen, als hätte sie meine Gedanken erraten. »Es ist nicht nötig, dass du dich wie eine zweite Mama um sie kümmerst.«

»Tu ich doch überhaupt nicht«, erwidere ich kopfschüttelnd. »Außerdem ärgerst du dich genauso über die Sache wie ich.«

»Ja, schon«, lenkt meine Freundin ein. »Ich finde aber, dass Yasemin das für sich regeln muss. Davon abgesehen ist es schon ein bisschen komisch, dass sie ein Kopftuch trägt. Das machen doch sonst nur Frauen.«

»Hmhm«, sage ich. Dabei weiß ich es eigentlich gar nicht so genau. In der Grundschule war ein iranisches Mädchen namens Samira in unserer Klasse. Sie war ebenfalls Muslimin und hat nicht an unserem Religionsunterricht teilgenommen, aber weder sie noch ihre Mutter haben ihre Haare mit Kopftüchern bedeckt. Andererseits bin ich mir ziemlich sicher, dass ich in der Stadt schon Mädchen mit Kopftüchern gesehen habe, die sehr viel jünger waren als meine Freundin und ich. »Das ist total verschieden, glaube ich.«

»Kann sein«, entgegnet Blümchen knapp. »Ist ja auch nicht unser Bier … Und jetzt frag mich bitte mal die Daten ab.«

Verständnislos sehe ich sie an. »Welche Daten?«

»Na, die für Geschichte!«

Mit dem Test läuft alles bestens, nämlich genau so, wie ich es erwartet hatte. Zum einen haben Blümchen und ich wirklich gut dafür geübt und zum anderen stellt Frau Milatz niemals übermäßig knifflige Fragen. Sie ist die jüngste Lehrerin, die wir in diesem Schuljahr haben, und wie ich finde, auch die netteste. Außerdem ist Geschichte neben Deutsch und Kunst eines meiner Lieblingsfächer.

Aus den Augenwinkeln sehe ich, dass Blümchen eifrig alle Aufgaben erledigt. Sie ist ebenso schnell fertig wie ich und gibt als eine der Ersten ab.

»War total einfach«, raunt sie mir glücklich lächelnd zu.

»Pssst.« Frau Milatz, die kurze blonde Haare hat und immer ausgewaschene Jeans und hübsche Blusen trägt, legt mahnend den Finger an ihre Lippen. »Einige schreiben noch.«

Ich nicke, presse demonstrativ die Lippen aufeinander und sehe dann zu Yassi hinüber.

Mit eingezogenen Schultern sitzt sie zwischen Bent und Ole und blickt trübselig vor sich hin. Auf dem Zettel liegt ihr Stift, viel geschrieben hat sie offenbar nicht, was nun auch Frau Milatz aufzufallen scheint. Langsam geht unsere Geschichtslehrerin zu ihr, nimmt den Testbogen vom Tisch, liest und nickt Yassi schließlich aufmunternd zu, bevor sie mit dem Zettel in der Hand zum Lehrerpult zurückgeht.

Fünf Minuten später ist auch Jannik fertig, der immer am längsten braucht. Leider ist Frau Milatz die einzige Lehrerin, die bei Tests keine zeitliche Grenze setzt. Ihr ist es wichtig, dass wir lernen, uns über einen längeren Zeitraum ruhig zu verhalten und Rücksicht auf jene zu nehmen, die nicht so schnell sind.

»Mit einem solchen Verhalten könnt ihr selber Geschichte schreiben«, sagt Frau Milatz gerne. »Wären die Menschen zu allen Zeiten weniger auf sich bezogen und rücksichtsvoller gewesen, hätten sich manche Dinge wahrscheinlich ganz anders entwickelt. Vielleicht hätte es sogar den einen oder anderen Krieg nicht gegeben.«

Ich finde diesen Gedanken ziemlich gut, glaube allerdings, dass es einfach zu viele Menschen gibt, die nur an sich denken und sich deshalb leider nur sehr langsam und auch nur ansatzweise etwas ändern wird. Kristina, Annabelle und Marie zum Beispiel könnten eine ganze Test-Doppelstunde stumm dasitzen und Rücksicht nehmen, sie wären auch danach noch haargenau dieselben Pissnelken.

Nachdem Frau Milatz Janniks Testbogen eingesammelt hat, wendet sie sich an Yassi.

»Ich freue mich, dass du in diese Klasse gekommen bist und ich dich unterrichten darf«, sagt sie. »Eigentlich wollte ich deinen Test gar nicht bewerten. Doch wie mir scheint, bist du mit den Fragen sehr gut zurechtgekommen, stimmt's?«

Yassi nickt. Sie richtet sich kerzengerade auf und erklärt:

»Dasselbe Thema hatten wir auf meiner alten Schule im letzten Halbjahr. Ich fand es sehr interessant.«

Bent, Niklas, Lena und Pauline gucken zur Seite und verdrehen unauffällig die Augen. Frau Milatz bemerkt es zwar trotzdem, kommentiert es aber nicht, sondern beginnt mit dem Unterricht.

In der zweiten großen Pause kaufen Blümchen und ich uns am Cafeteria-Kiosk jede ein Tetrapak Apfelschorle und schlendern anschließend auf den Schulhof hinaus.

»Ich mag sie nicht«, sagt Blümchen nach einer Weile.

»Wen?«

»Yasemin. Sie schleimt sich total ein.«

Ich sauge an meinem Strohhalm und überlege, was ich darauf antworten soll. Einerseits verstehe durchaus, wie Blümchen das meint, andererseits finde ich, dass sie ein wenig übertreibt.

»Ich glaube, Yassi will einfach nur höflich sein«, sage ich, knautsche das leer getrunkene Tetrapak zusammen und werfe es in den Papierkorb, an dem wir gerade vorbeikommen. »Wo ist sie überhaupt?«, frage ich und sehe mich nach allen Seiten um.

»Mir doch egal«, meint Blümchen.

»Mir nicht«, gebe ich zurück.

»Und nenn sie nicht immer Yassi.«

Ich seufze leise und beschließe, das Thema zu wechseln, aber Blümchen ist noch nicht fertig.

»Meinetwegen kannst du mich erschlagen, aber ich wünschte, sie wäre in die 6a gekommen.«

»Wieso denn das?«, frage ich. »Und keine Panik«, setze ich hinzu. »Ich erschlage dich schon nicht.«

»Weiß ich doch«, sagt meine Freundin und grinst.

Zwei Sekunden später guckt sie wieder bierernst. »In der 6a sind Fuat, Akin, Jekaterina und Tarik. Bestimmt hätte Yasemin es dort leichter.«

»Wir haben Björn-Dakota«, halte ich dagegen.

»Ja, klar.« Blümchen guckt mich ganz komisch an und grinst.

»Was ist denn?«, sage ich irritiert, weil ich ihren Blick nicht einordnen kann. »Du bist ihn doch los, oder?«

»Ja … klar«, entgegnet sie kopfschüttelnd. »Mach dir mal keine Gedanken.«

Hä? Ich wüsste nicht, worüber!

»Ich finde ihn okay«, sagt Blümchen jetzt. »Falls es dich beruhigt.«

Im Gegenteil: Das tut es überhaupt nicht!

»Da vorne ist er übrigens«, meint sie und drückt mir kichernd ihren Ellenbogen zwischen die Rippen.

»Ja und?«, brumme ich, doch jetzt kichert Blümchen noch mehr.

»Er guckt die ganze Zeit zu dir rüber«, gickert sie.

»Zu mir?« Jetzt schüttele ich den Kopf. »Du meinst wohl, zu dir.«

Es ist also doch noch nicht vorbei. Offenbar will BD partout nicht begreifen, dass Blümchen nicht mit ihm befreundet sein möchte. Höchste Zeit also, dass ich ihr endlich reinen Wein einschenke. Lieber lasse ich ein paar Federn, als dass die ganze Sache womöglich noch komplizierter wird.

»Jetzt hör mir mal zu«, sage ich und fasse sie energisch an der Schulter. »Björn-Dakota hat mir letzten Freitag seine Visitenkarte gegeben, damit du ihn anrufen und dich mit ihm verabreden kannst. Es ist mir nämlich nicht gelungen, ihn davon zu überzeugen, dass du nichts von ihm willst.«

Das mindeste, was ich erwarte, ist, dass ihr die Gesichtszüge entgleisen, noch eher rechne ich allerdings mit einem Donnerhagel aus Empörung und Verzweiflung, doch Blümchen zuckt nur die Achseln und erwidert: »Ich weiß.«

Irritiert sehe ich sie an. »Was?«

»Du warst einfach zu aufgeregt, um es ihm zu erklären«, sagt Blümchen und lächelt verständnisvoll. »BD hat gemeint, du hättest kaum einen vollständigen Satz herausgekriegt.«

»Wie bitte?« Ich tippe mir an die Schläfe. »Der spinnt ja wohl! Wie kommt der dazu, so etwas zu behaupten? Er hat mir das Wort im Mund umgedreht. So war das nämlich!«

»Ach, Lilly.« Blümchens Lächeln nimmt einen mitfühlenden Ausdruck an. »Ich bin deine beste Freundin. Du kannst mir nichts vormachen.«

»Tu ich doch gar nicht!«, beharre ich. »Freitagmittag habe ich dich in dem Glauben gelassen, dass es mir gelungen ist, Björn-Dakota zu verklickern, wie du zu ihm stehst. Und damit es keine Verwicklungen gibt, habe ich ihm nachmittags, als du auf dem Klo warst, rasch von deinem Handy aus eine Nachricht geschrieben.«

Blümchen schließt leise stöhnend die Augen. »Das weiß ich! Schließlich habe ich mit ihm telefoniert.«

Also doch!

»Und wieso hast du mir das nicht gleich gesagt?«, pflaume ich sie an.

»Weil ich abwarten wollte.«

Herrgott noch mal, wenn Blümchen sich weiter jeden Wurm einzeln aus der Nase ziehen lässt, reißt mir gleich die Hutschnur!

»Was denn abwarten?«

»Na, ob du es mir nicht doch noch gestehst.«

»Was?«, fauche ich.

»Dass du ihn magst«, erwidert Blümchen, und wieder umspielt dieses verständnisvolle Lächeln ihre Mundwinkel.

Hä? – »Das tu ich doch gar nicht!«

Meine Freundin schüttelt nun leicht genervt den Kopf.

»Und aus welchem Grund hast du die SMS dann mit deinem Namen unterschrieben?«, will sie wissen.

Wie bitte? – »Hab ich das?«

Blümchen nickt und jetzt grinst sie richtig breit. »Ja, hast du«, entgegnet sie vielsagend.

Klar, plötzlich erinnere ich mich. So ein Mist!

»Aus Versehen«, schärfe ich ihr ein. »Oder meinetwegen auch aus Gewohnheit. Weil ich nämlich immer so unterschreibe.«

Und vor lauter Hektik einfach nicht daran gedacht habe, dass die Nachricht ja eigentlich von meiner Freundin stammen muss. Ich verstehe nur nicht, was daran so schlimm sein soll. Letztendlich ist es doch völlig egal, von wem Björn-Dakota die Botschaft bekommen hat.

»Ja, das sagst du jetzt«, antwortet Blümchen. »Weil es dir peinlich ist! Und weil du Angst davor hast, wie es mit euch weitergeht, wenn alles rausgekommen ist.« Sie zwinkert mir zu. »Das erste Date zu zweit ... euer erster Kuss ...«

Was? Ich soll Björn-Dakota küssen wollen? Hilfe! Eher trinke ich einen Eimer Schneckenschleim aus, als mit meinen Lippen auch nur in die Nähe seines Mundes zu geraten!

»Kamilla«, sage ich, und das sage ich wirklich nur, wenn Not am Mann ist. »Ich bin nicht in BD verknallt ... falls du das denkst.«

»Nicht nur ich«, entgegnet sie. »Für ihn ist das so klar wie Kloßbrühe.«

Ach, du lieber Himmel! »Und wieso?«

»Tja«, sagt Blümchen, »ich hab das ja auch nicht gleich verstanden, Björn-Dakota dagegen hat es sofort geblickt. Du hast ihm geschrieben, dass ich nicht will, und dann deinen Namen darunter gesetzt ...« Sie macht eine bedeutungsvolle Pause. »Was so viel heißt wie ...?«

»Keine Ahnung.« Ich zucke mit den Schultern, denn ich bin ja selber gespannt.

»Na, dass *du* aber schon wollen würdest«, platzt es aus Blümchen heraus.

Stumm vor Entsetzen starre ich sie an. Dann zwicke ich mich selber in den Arm, um sicherzugehen, dass ich nicht träume.

»Du hast sie ja nicht mehr alle!«, stoße ich schließlich hervor.

Jetzt ist Blümchen diejenige, der es die Sprache verschlagen hat.

»Es stimmt also nicht?«, stammelt sie, nachdem sie mich ein paar Sekunden lang irritiert angeschaut und ihre Gehirnzellen offenbar wieder in die richtige Reihenfolge gebracht hat.

»Natürlich nicht«, schnaube ich. »Björn-Dakota interessiert mich so sehr wie ... eine Schachtel voller Schrauben oder ... oder ...« Ich suche nach einem noch treffenderen Vergleich. »Oder einem Frosch beim Kacken zuzugucken.«

»Aber ...« Ein Anflug von Enttäuschung breitet sich auf Blümchens Gesicht aus. »Ich hab ihm doch versprochen ...« Sie bricht ab, senkt den Blick und knabbert auf ihrer Unterlippe herum.

»Was hast du ihm versprochen?«, hake ich nach.

»Na ja ... also ..., dass ich euer erstes Date arrangiere«, murmelt sie kleinlaut.

Oh nein, oh nein! Ich fasse es nicht! In was für ein fürchterliches Kuddelmuddel sind wir denn da geraten! Das Beste ist es wohl, wenn ich die Dinge auf der Stelle wieder geraderücke.

Wild entschlossen drehe ich mich um, doch Björn-Dakota ist wie vom Erdboden verschluckt.

»Mist!«, fluche ich.

»Er hat eben auch Angst«, springt Blümchen ihm bei.

Ich wirbele wieder herum. »Wovor?«

»Na, vor dem Küssen und so ...«

»Es gibt weder ein Küssen noch ein Und-so. Klar?«, sage ich.

Blümchen nickt schuldbewusst.

»Wie konntest du bloß diesen Schwachsinn glauben?«, knurre ich sie an. »So etwas kann sich doch nur ein Junge zusammendichten! Mal ganz abgesehen davon, dass es Björn-Dakota anscheinend vollkommen egal ist, ob er mit dir oder mit mir zusammen ist.«

»Jaa«, sagt Blümchen. »Hast ja recht. Das war echt blöd von mir. Aber er hat sich einfach total überzeugend angehört«, rechtfertigt sie sich.

»Schon gut.« Ich schlinge ihr fest meinen Arm um den Hals und drücke sie an mich. »Wir haben es zusammen vermasselt. Aber in Ordnung bringe ich das jetzt allein. Verstanden?«

Blümchen stupst ihre Stirn gegen meine.

»Verstanden, Lilly Wunderbar.«

Geschwisterliebe

Nachdem Björn-Dakota sich nun denken kann, dass Blümchen mir seine seltsamen Schlussfolgerungen verklickert hat, scheint er mir gegenüber an einer Kontakt-Allergie zu leiden. Jedenfalls macht er sich für den Rest des Schulvormittags rar. Entweder verschwindet er quasi mit dem Pausengong aus dem Klassenzimmer und damit aus meinem Radius, oder er hängt mit Jannik ab, sodass sich für mich keine Gelegenheit ergibt, ihn anzusprechen und die Sache zu klären.

Kurz vor Ende der Biostunde – unsere letzte Unterrichtseinheit an diesem Tag – stürzt er mit seinem Rucksack nach vorne und flüstert Frau Kaut etwas zu. Und noch ehe die in ihrem Schildkrötenschneckentempo etwas erwidern kann, ist er bereits auf den Gang hinausgerannt.

»So ein Torfkopf«, murmele ich und sehe zu Yassi, die sich gleich in die erste Reihe neben Lena und Ann-Kathrin gesetzt hat.

Gerade beugt sie sich zu Lena hinüber, zeigt auf Frau Kauts schwer zu entziffernde Krakeleien an der Tafel und sagt etwas, doch Lena wendet sich demonstrativ von ihr ab und tuschelt mit Ann-Kathrin.

»Es hilft nichts«, raune ich meiner Freundin zu. »Wir müssen uns um sie kümmern.«

»Was hast du gesagt?«, fragt Blümchen.

»Niemand will etwas mit Yassi zu tun haben«, flüstere ich.

»Ja, das ist mir auch schon aufgefallen«, gibt meine Freundin verdrossen zurück. Sie schlägt ihr Buch zu und stopft den Kuli in ihr prall gefülltes Federmäppchen. »In der letzten Pause hat sie sich sogar an die Pissnelken gehängt. Trotzdem sind wir nicht für sie verantwortlich«, setzt sie leise, aber nachdrücklich hinzu.

Das sehe ich anders, und ich wette, dass es nur eine Frage der Zeit sein wird, bis Blümchen darin mit mir übereinstimmt. Außerdem möchte ich mich nicht nur um Yassi kümmern. Es interessiert mich auch, wie sie sonst so ist und warum sie dieses Kopftuch trägt.

Ich habe kaum die Haustür geöffnet, da packt Jackie mich am T-Shirt und zerrt mich hinter sich her.

»Komm mal mit, ich muss dir was zeigen.«

»Hey!«, rufe ich. »Was soll denn das? Darf ich nicht mal meinen Rucksack in mein Zimmer bringen?«

»Das kannst du später immer noch machen«, erwidert meine Schwester. »Im Augenblick hast du Wichtigeres zu tun.«

»Ach tatsächlich?«, schaffe ich gerade noch zu entgegnen, da befinde ich mich bereits auf den Treppenstufen zur Empore.

»Ich weiß nicht, was ich anziehen soll«, jammert Jackie, schubst mich in ihr Zimmer und drückt die Tür hinter uns zu.

»Wieso? Du hast doch was an.«

Nicht, dass es mir sonderlich gefallen würde. Zudem ist es nicht gerade viel, aber nackt ist sie zumindest nicht.

»Ich meine doch nicht jetzt«, antwortet sie ein wenig gereizt.

Ich stutze kurz, aber dann fällt es mir wieder ein.

»Ich weiß schon, du redest von deinem Date«, kombiniere ich und registriere, dass sie mittlerweile weder Pflaster noch Pickel im Gesicht hat.

»Hä?« Meine Schwester schüttelt verständnislos den Kopf. »Welches Date?«

»Na, das mit dem Jungen, mit dem du nicht zusammen bist, der dich aber trotzdem küssen darf.«

»Quatsch«, sagt Jackie. »Das hab ich doch bloß erfunden, um dich zu schocken. Ich meine natürlich das Konzert.«

»Welches Konzert?«, frage nun ich, während ich auf das schwarze Top starre, das eigentlich eher ein Bikinioberteil ist, und anschließend auf die Jeansshorts, in die meine Schwester so viele Löcher hineingeschnitten hat, dass man ihre Herzchenunterhose mehr als nur erahnen kann. »Wenn Mama dich so sieht«, sage ich vorwurfsvoll.

»Hat sie schon«, brummt Jackie, schlüpft aus der Shorts und zerrt sich das Bikini-Top über den Kopf.

»Und Papa?«, frage ich weiter und bemühe mich, nicht allzu offensichtlich auf ihren Busen zu glotzen.

Meine Schwester geht gar nicht darauf ein, sondern brummt nur: »Na, welches Konzert wohl?«

Klicker-Klicker-Klicker macht es da in meinem Gehirn, und schon platzt es aus mir heraus: »Woher weißt du davon?«

»Philipp hat es mir erzählt«, erwidert sie, während sie sich in irgendetwas Rotes hineinzuquetschen versucht, das nicht größer als eine Papierserviette ist.

»Blödmann«, sage ich. »Dass der aber auch gar nichts für sich behalten kann.«

»Er hat die Regeln eben verstanden«, gibt Jackie zurück. Mittlerweile hat sie die Papierserviette so um ihren Körper drapiert, dass sie das Nötigste bedeckt. »Und?«, will sie wissen, breitet die Arme aus und macht einen koketten Hüftschwung. »Wie findest du es?«

Ungefähr einen Atemzug lang bleibt das Ganze auf Spannung, dann rutscht die Serviette über Jackies Hüften nach oben und gibt die Hälfte der Herzchenunterhose frei.

»Toll«, knurre ich. »So kriegst du Chester garantiert rum.«

»Du findest es also nicht ... zu gewagt?«, erkundigt sich meine Schwester allen Ernstes.

»Doch«, sage ich. »Mama garantiert auch und Papa sowieso.« Im Moment interessiert mich etwas anderes allerdings viel mehr. »Welche Regeln meinst du?«

»Die von den Geschwistern, die immer zusammenhalten«, erklärt Jackie mir.

»Aha«, sage ich.

»Und immer Verständnis füreinander haben«, setzt sie hinzu.

»Hab ich doch«, erwidere ich kopfschüttelnd.

»Hast du eben nicht«, brummt Jackie. »Du hast dich total verändert.«

»Was, ich?«, blaffe ich sie an. »*Du* hast dich verändert. Du lässt mich nicht mehr in dein Zimmer. Redest nicht mehr mit mir, behandelst mich, als ob ich ein lästiges Insekt wäre, das dir ständig hinterherfliegt ...«

»Genau«, pflichtet meine Schwester mir bei. »Ein Insekt, das mir um die Nase schwirrt und mich mal hierhin, mal dahin und mal dorthin sticht.«

Aufgebracht tippt sie sich an die unterschiedlichsten Körperstellen. Die Serviette ist mittlerweile so weit hinaufgerutscht, dass ich Jackies Brustansätze sehen kann.

»Aber ...«, krächze ich, mehr kriege ich nicht heraus, weil ich ständig schlucken muss.

»Siehst du«, faucht Jackie. »Darauf weißt du nichts zu erwidern.« Sie reißt sich die Serviette vom Leib und pfeffert sie auf den Boden. »Du hast nämlich überhaupt keine Ahnung!«

»Warum hast du mich dann überhaupt in dein Zimmer geholt?«, presse ich hervor. »Wenn ich sowieso keine Ahnung habe?«

»Das weiß ich leider auch nicht«, gibt meine Schwester zurück. Sie stemmt die Hände auf ihre Hüften und mustert mich abfällig. »Muss wohl ein Kurzschluss in meinem Gehirn gewesen sein. Zum Glück kann ich mich wenigstens auf Philipp verlassen.«

Ts! Da hört sich ja wohl alles auf!

»Mama hat uns gebeten, dir nichts zu verraten«, stoße ich hervor.

»Ja, klar«, blafft Jackie. »Und du machst natürlich, was Mama sagt.«

»Es sollte eine Überraschung sein!«, brülle ich.

Ich bin so wütend, dass ich explodieren könnte.

»Jaha toll!«, kontert Jackie. »Ganz toll. Wahrscheinlich wollte sie mich damit eine Stunde vor Fahrtantritt *überraschen*. Und ich hätte wie ein Volltrottel dagestanden und nichts zum Anziehen gehabt.«

»Wieso?«, sage ich und deute auf die Serviette auf dem Fußboden, die inzwischen auf die Ausmaße eines Notizzettels zusammengeschrumpft ist. »Du hast doch was. An deiner Stelle würde ich es allerdings mal mit Größe minus XXS probieren.«

Ich schaue sie noch ein paar Sekunden wutschnaubend an, dann wirbele ich herum, reiße die Tür auf und stolpere fast über meinen Bruder.

»Verdammt, was machst du denn hier?«, fluche ich.

»Nix«, sagt er, presst sich glucksend die Hände auf den Mund und flitzt davon.

Ich verfolge ihn bis zur Küche, dann gebe ich es auf. Mit Philipp komme ich noch weniger zurecht als mit Jackie. Außerdem kann ich mir eh denken, was er eben direkt vor ihrer Zimmertür verloren hatte. Ich habe ihn nämlich schon einmal dabei erwischt, wie er durch ihr Schlüsselloch gelinst hat.

In der Küche treffe ich zu meiner großen Überraschung

nicht meine Mutter, sondern meinen Vater an. Er hat ihre Kochschürze mit den aufgedruckten pinkfarbenen Rosen umgebunden und rührt fröhlich pfeifend in einem Kochtopf, aus dem eine heiße Dampfwolke aufsteigt.

»Wieso bist du denn schon hier?«, frage ich. »Und wo ist Mama?«

»Ich habe mir ein paar Tage freigenommen«, erklärt Papa und küsst mich flüchtig auf die Stirn.

»Aha. Und wieso?«, erkundige ich mich weiter. »Um für uns zu kochen?«

»Warum nicht?«, erwidert er schulterzuckend.

»Was gibt's denn?«, frage ich und luge in den Topf.

Vor lauter Dampf ist jedoch kaum etwas zu erkennen.

»Spaghetti«, gibt Papa zurück.

Na, das klingt ja schon mal nicht schlecht.

»Und was noch?«

Beunruhigenderweise entdecke ich nämlich nirgendwo einen zweiten Topf. Und auch im Backofen scheint nichts vor sich hin zu schmurgeln.

»Nichts«, sagt Papa, so als wäre es das Normalste von der Welt, Spaghetti ohne Soße zu essen. »Aber du könntest schon mal den Parmesankäse reiben. Und den Tisch decken.«

Na, wenn es weiter nichts ist!

In einem dampfenden Topf herumzurühren, ist natürlich eine sehr verantwortungsvolle Aufgabe, der man sich hochkonzentriert widmen muss. Ein bisschen Käse reiben und nebenbei den Tisch decken, erledigt sich dagegen quasi von allein.

»Kann Philipp nicht auch mal was machen?«, knurre ich. »Oder Jackie?«

»Können könnten sie schon«, entgegnet mein Vater. »Ich habe allerdings wenig Lust, mich hinterher mit dem Resultat herumzuschlagen.«

»Tischdecken ist doch keine große Kunst«, sage ich. »Und Käsereiben auch nicht. Das würde sogar Jackie hinkriegen.«

»Hmmm«, brummt Papa. »Wenn man davon absieht, dass man ungefähr drei Stunden braucht, um sie dazu zu überreden und am Ende neben geraspeltem Käse auch jede Menge bunter geraspelter Fingernägel im Essen hat.«

Er zwinkert mir zu und dann müssen wir beide lachen.

»Ich weiß, dass es ungerecht ist«, sagt Papa. »Aber ich verspreche dir: Ich werde auch für deine Geschwister eine Aufgabe finden.«

»Wo ist Mama?«, will auch Philipp wissen, als mein Vater, Jackie, er und ich zehn Minuten später um den Küchentisch sitzen.

»Bei Oma Brille«, sagt Papa.

Er mischt die Spaghetti, die sich in einer großen Schüssel auf der Tischmitte befinden, noch einmal gut durch und verteilt sie dann auf unsere Teller.

»Und wo ist die Soße?«, fragt Philipp.

»Schon drin«, erwidert mein Vater und lässt sich auf

seinen Stuhl sinken. »Und jetzt wünsche ich euch einen guten Appetit.«

Philipp betrachtet seinen Nudelberg. »Ich seh nix«, brummt er.

»Wieso ist Mama bei Oma Brille?«, erkundige ich mich.

»Das erzähle ich euch nach dem Essen«, sagt Papa, während er mit gekonnter Geste Spaghetti auf seine Gabel wickelt.

»Gibt es keinen Salat?«, fragt Jackie und verrenkt ihren Hals in Richtung Anrichte.

Mittlerweile trägt sie eine schwarze Jeans und ein rotweiß geringeltes T-Shirt.

»ICH SEHE KEINE SOSSE!«, verschafft mein Bruder sich lautstark Gehör.

»Sie ist spaghettifarben«, sage ich.

Jackie zieht eine Flappe, neigt sich über ihren Teller und schnuppert. »Was ist denn da drin?«

»Olivenöl und Parmesan«, antwortet Papa.

»Was?« Meine Schwester sieht ihn empört an. »Und so was soll ich essen?«

»Warum nicht?«, erwidert mein Vater.

»Weil ich davon fett werde«, knurrt Jackie.

»Spaghetti classico«, sagt Papa. »Die Italiener lieben sie so.«

»Ich bin aber kein Italiener«, stellt Jackie klar. »Und ich hätte gerne Salat.«

»Niemand hindert dich daran, welchen zuzubereiten«, sagt Papa. »Romano, Tomaten, Gurke und Paprikaschoten sind im Kühlschrank. Essig, Öl und Gewürze auf dem Regal und die Zwiebeln dazu befinden sich im Drahtkorb neben dem Vorratsschrank.«

»Ich habe im Italienurlaub keine fetten Italiener gesehen«, sagt Philipp und probiert vorsichtig eine Spaghetti.

Sie scheint ihm zu schmecken, denn nun schaufelt er sich gleich einen ganzen Haufen in den Mund. Beim Kauen gibt er ein leises Piepsgeräusch von sich. – Ein eindeutiges Zeichen dafür, dass Papa dieses Gericht gelungen ist.

»Ich esse die nächsten Wochen nur Salat«, verkündet meine Schwester.

Sie kippt die Spaghetti von ihrem Teller in die Schüssel zurück, erhebt sich von ihrem Stuhl und nimmt sich einen Apfel aus der Obstschale.

»Ganz wie du meinst«, entgegnet Papa ungerührt. »Dann werde ich die Konzertkarten eben bei eBay versteigern müssen.«

Es dauert eine geschlagene Viertelstunde, bis Jackies Tobsuchtsanfall vorbei ist.

Sie flucht und schreit, rennt auf und ab und stampft dabei mit den Füßen wie ein Walross auf dem Boden herum. Zu guter Letzt donnert sie noch den halb aufgegessenen Apfel gegen die Wand.

»Putzzeug findest du im Badschrank neben der Waschmaschine«, sagt Papa, woraufhin meine Schwester schimpfend in ihr Zimmer abdampft.

»Das macht die nie sauber«, prophezeit Philipp.

»Keine Sorge, das wird sie schon«, erwidert mein Vater und strubbelt ihm durch die Haare. »Sie braucht nur ein bisschen Zeit, um zu begreifen, dass sie es bis auf Weiteres mit mir zu tun hat.«

Und dann erzählt er uns, dass Mama heute Vormittag überstürzt zu unserer Großmutter gefahren ist.

»Oma Brille hat bei ihr in der Buchhandlung angerufen«, berichtet er. »Sie hatte so schlimme Bauchschmerzen, dass sie kaum sprechen konnte.«

Erschrocken sehe ich ihn an und auch Philipp ist plötzlich schneeweiß um die Nase.

»Was ist denn mit ihr?«, frage ich mit zitternder Stimme.

»Wahrscheinlich eine Blinddarmentzündung«, sagt Papa. »Mama hat sofort den Notarzt gerufen und ist dann zusammen mit Oma Brille im Johanniterwagen zum Krankenhaus gefahren. Dort hat man eure Großmutter auf der Stelle untersucht. Ja, und im Moment wird sie operiert.«

Philipps Augen werden immer größer und jetzt klappt auch noch sein Mund sperrangelweit auf.

»Ich rechne eigentlich jede Sekunde mit Mamas Anruf«, setzt mein Vater hinzu und wirft einen besorgten Blick auf die Küchenuhr.

»Aber eine Blinddarmentzündung ist doch nichts Schlimmes?«, vergewissere ich mich.

»Nein, nein.« Papa tätschelt mir beruhigend die Hand. »Allerdings wird Oma Brille ein paar Tage in der Klinik bleiben müssen.«

»Und was ist mit Herrn Semmelfein?«, platzt es aus mir heraus.

»Um ihn und Brotbäckchen kümmert sich eure Mutter«, erwidert er. »Sie wohnt so lange in Wittenfeld, bis Oma Brille wieder nach Hause darf.«

Philipp zieht einen Flunsch. Nachdenklich betrachtet er seinen leer gegessenen Teller.

»Gibt es dann jeden Tag Spaghetti für Italiener?«, will er schließlich wissen.

»Natürlich nicht«, sagt Papa. »Heute Mittag musste es nur schnell gehen, aber ab morgen werde ich etwas kreieren, das auch eurer Schwester schmecken wird.«

Mein Bruder nickt. Einen Moment lang sieht er sehr nachdenklich aus. Dann holt er tief Luft. »Spielen wir nachher noch mit der Carrera-Bahn?«

»Aber klar doch, Kumpel«, verspricht mein Vater ihm. »Und jetzt bringen wir zwei Männer mal die Küche in Ordnung.«

»Och nö«, mault Philipp. »Das kannst du alleine machen.«

»Aber zusammen sind wir viel schneller fertig«, meint Papa. »Und je schneller wir fertig sind ...«

Mehr braucht er nicht zu sagen. Philipp springt sofort von seinem Stuhl auf und stellt die Teller zusammen.

»Können wir Mama in Oma Brilles Haus eigentlich mal besuchen?«, will er wissen.

»Klar, können wir das«, sagt Papa.

Er öffnet die Spülmaschine und mein Bruder stellt die Teller hinein.

Mich scheinen die beiden – wieder einmal – völlig vergessen zu haben. Und so merken sie auch nicht, wie ich mich aus der Küche zurückziehe, in mein Zimmer flitze, die Schulsachen für den nächsten Tag in meinen Rucksack stopfe und aus der Wohnung schlüpfe. Leise ziehe ich die Tür hinter mir zu und husche auf die Straße hinaus.

Um nach Wittenfeld zu gelangen, muss ich entweder den Bus nehmen oder am Marienplatz die U-Bahn wechseln. Da die Schülerkarte für das gesamte Verkehrsnetz gilt, entscheide ich mich für den Bus. U-Bahn fahren geht zwar schneller, aber der Bus ist einfach gemütlicher. Außerdem sieht man so mehr von der Stadt.

Die ganze Fahrt über denke ich an Oma Brille. Ich frage mich, ob sie noch immer operiert wird und ob eine Blinddarmentzündung tatsächlich so harmlos ist, wie Papa gesagt hat. Außerdem grübele ich erneut darüber nach, wo sie am letzten Donnerstag wohl gewesen sein mag. Vielleicht war sie ja beim Arzt, weil sie schon Bauchschmerzen hatte. Ich spüre, wie sich meine Finger automatisch um meine beiden Daumen schließen und ganz fest zudrücken. Oje, oje! Hoffentlich hat Oma Brille die Entzündung nicht verschleppt und hoffentlich geht alles gut aus.

Vierzig Minuten später hält der Bus endlich an der Einkaufsstraße. Ich springe als Erste hinaus und laufe mit strammen Schritten zwischen den Geschäften entlang.

Aus dem Billigklamottenladen werden gerade die letzten Ständer und Kartons herausgetragen und über der Eingangstür prangt bereits ein neuer Schriftzug in grünen und orangefarbenen Leuchtbuchstaben:

BIO-IMBISS CELIK

Neugierig nähere ich mich dem Laden und spähe durch die große Glasscheibe ins Innere. Dort, wo sich in der letzten Woche noch der Kassentresen befand, wird nun eine große Vitrine aufgebaut. Ansonsten kann man aber noch nicht viel erkennen, und ich beschließe, gleich morgen in der Schule Yassi zu fragen, wann ihre Eltern den Imbiss eröffnen werden.

Ich drehe mich um und will weiterlaufen, da sehe ich sie wieder einmal neben dem Schreibwarengeschäft stehen. Sie hat eine Stofftasche in der Hand und scheint auf jemanden zu warten. Mich hat sie offenbar noch nicht registriert, und ich überlege, ob ich rasch zu ihr hinübergehen soll, da wendet sie ihren Blick bereits in meine Richtung.

Augenblicklich hellt sich Yassis Miene auf und sie winkt mir eifrig zu, macht allerdings keine Anstalten, sich in Bewegung zu setzen. Also tue ich es.

»Hey«, sage ich und deute auf die Stofftasche. »Hast du inzwischen alle Schulsachen zusammen?«

»Na ja, das Wichtigste«, erwidert sie schulterzuckend.

»Hmhm.« Ich nicke und dann nicke ich zum Imbiss hinüber. »Wann macht ihr denn auf?«

»In zwei Wochen«, antwortet Yassi. »Meine Eltern sind

total aufgeregt. Ein Bio-Imbiss war schon immer ihr Traum, und jetzt hoffen sie natürlich, dass er von den Leuten hier gut angenommen wird.«

»Bestimmt«, sage ich. »Bio ist doch total in. Meine Mutter wäre selig, wenn es so etwas bei uns in der Nähe gäbe.«

Yassi schaut mich lächelnd an.

»Ich mag dich«, sagt sie unvermittelt.

Ich lächele zurück, dann senke ich hastig den Kopf, weil ich spüre, dass mir die Hitze ins Gesicht steigt. »Ich dich auch.«

Eine Weile herrscht verlegenes Schweigen.

»Aber deine Freundin ...«, ergreift Yassi schließlich wieder das Wort. »Sie kann mich nicht so richtig leiden, stimmt's?«

»Na ja ...«, druckse ich herum. »Das liegt daran, dass du zu allen nett bist. Sogar zu den Pissnelken.«

Yassi stutzt und stößt dann ein überraschtes Lachen aus. »Die Pissnelken? Wer sollen die denn sein?«

»Kannst du dir das nicht denken?«

»Hm.« Yassi runzelt die Stirn. »Kristina? Marie und ... ähm ...?«

»Annabelle«, helfe ich ihr auf die Sprünge und nicke eifrig. »Genau.«

»Wissen sie, dass ihr sie so nennt?«, erkundigt Yassi sich.

»Keine Ahnung«, sage ich. »Ist uns auch egal.«

Einen Moment lang wirkt Yassi irritiert. »Und warum nennt ihr sie so?«, will sie wissen.

»Jetzt überleg mal scharf«, empfehle ich ihr.

»Weil sie ein bisschen eingebildet sind?«, rätselt Yassi.

Ich stoße einen Schwall Luft aus. »Ein bisschen?«

Yassi zuckt die Achseln. »Na ja, ich kenne sie ja erst seit heute«, rechtfertigt sie sich. »Aber eigentlich kann euch das doch auch egal sein«, setzt sie nach einer kleinen Pause hinzu. »Oder nicht?«

»Phhhh«, mache ich, denn ich weiß echt nicht, was ich darauf erwidern soll.

»Mich finden ja auch viele gleich blöd, selbst wenn sie noch gar nicht mit mir geredet haben«, sagt Yassi. »Bloß weil ich ...« Sie stockt, hebt den Blick und lächelt. »Oh, da ist meine Schwester!«, ruft sie, hüpft auf und ab und wedelt mit beiden Armen wie wild in der Luft herum. »Hallo, Busra! Hier bin ich!«

Ich drehe mich um und sehe ein großes schlankes und sehr hübsches Mädchen auf uns zukommen. Busra trägt einen kniekurzen Flatterrock und eine ärmellose Bluse. Ihr knallroter Lippenstift leuchtet in der Sonne und das schwarze Haar fällt ihr in dichten Locken über die Schultern.

»Hallo, kiz kardes ... günesim.« Das Mädchen schlingt Yassi einen Arm um den Nacken und küsst sie auf die Stirn. »Hast du alles gekriegt, was du brauchst?«

»Ja, ja, für's Erste«, gibt Yassi zurück. Sie öffnet ihre Stofftasche und lässt ihre große Schwester einen Blick hineinwerfen.

»Okay«, sagt Busra. »Das Geld hat also gereicht?«

»Kein Problem«, meint Yassi. »Mama hat mir zwanzig

Euro mitgegeben. ... Das ist übrigens Lilly«, stellt sie mich vor. »Sie geht in meine Klasse.«

»Oh, wie schön!« Busras Augen lachen mich förmlich an. Sie streicht mir flüchtig über den Unterarm, eine Berührung, die ich zu meiner Überraschung als sehr angenehm empfinde. »Dann wohnst du also auch hier?«

Ich schüttele den Kopf. »Nein. Aber meine Oma.«

»Na, dann werdet ihr euch bestimmt oft über den Weg laufen«, erwidert Busra. »Meine kleine günesim sucht nämlich dringend ein paar Freundinnen, musst du wissen.«

»Ach du!«, sagt Yassi. Schwungvoll fegt sie Busras Arm von ihren Schultern herunter, umfasst ihr Handgelenk und zieht sie von mir weg. »Tschüs, Lilly. Wir müssen jetzt los. Meine Mutter wartet mit dem Tee auf uns.«

»Ja, tschüs«, murmele ich.

Ein bisschen benommen schaue ich den beiden hinterher.

Was für ein Unterschied!

Zwischen Yassi und Busra. Und zwischen Busra und Jackie.

Kopftücher und andere (Un-)Sitten

Ich krame meinen Schlüssel hervor und will ihn gerade in Oma Brilles Haustürschloss stecken, da wird die Tür bereits aufgerissen und Mama steht auf der Schwelle.

»Lilly!«, ruft sie. »Was machst du denn hier?«

Ihre Stimme klingt vorwurfsvoll, aber das beeindruckt mich ausnahmsweise nicht.

»Ich hab's zu Hause nicht ausgehalten«, jaule ich und lasse mich in ihre Arme fallen.

Mamas vertrauter Schokoduft hüllt mich ein.

Ich schlinge meine Arme fest um sie und schmiege mein Gesicht an ihre Brust. »Was ist mit Oma Brille?«

»Komm erst mal rein«, sagt meine Mutter.

Sie zieht mich in den Flur und schließt die Tür.

»Sie lebt doch noch ... oder?«, frage ich ängstlich.

»Natürlich.« Mama legt ihre Hände um mein Gesicht und küsst mich auf die Nase. »Du weißt doch: Unkraut vergeht nicht.«

Puh! Ein tonnenschwerer Stein fällt mir vom Herzen. Erst in diesem Augenblick wird mir bewusst, wie groß die Sorgen waren, die ich mir um meine Großmutter gemacht habe.

»Kann ich sie besuchen?«

»Ja«, sagt Mama. »Aber heute nicht mehr. Wenn du magst, fahren wir morgen Mittag, gleich nachdem du aus der Schule zurück bist, zu ihr.

»Was? Nur wir zwei?«, frage ich.

»Ja, nur wir zwei«, bestätigt meine Mutter lächelnd. »Papa, Philipp und Jacqueline können erst am späten Nachmittag ins Krankenhaus. Und für Oma Brille ist es ohnehin am besten, wenn wir nicht alle gleichzeitig bei ihr aufkreuzen.«

»Heißt das, ich kann hier übernachten?«

»Wenn du unbedingt willst ...«

»Mamaaa!«, rufe ich und umarme sie gleich noch einmal. »Aber klar, will ich das.«

»Gut«, sagt sie und löst meine Arme sanft, aber bestimmt von ihrem Nacken. »Und jetzt rufst du bitte erst mal deinen Vater an. Der findet es nämlich überhaupt nicht komisch, dass du dich einfach klammheimlich davongemacht hast.«

»Ach, der war doch sowieso mit Philipp beschäftigt«, brumme ich.

»Ist das ein Grund, ihm nicht zu sagen, wo du hinfährst?«, erwidert meine Mutter.

»Nein«, gebe ich kleinlaut zurück.

»Oder hast du etwa gedacht, es fällt ihm nicht auf, wenn er plötzlich ein Kind weniger hat?«, bohrt sie nach, während sie mich mit hochgezogenen Augenbrauen aufmerksam mustert.

»Nein«, sage ich ungeduldig.

Irgendwie fühle ich mich ertappt. Und dieses Ertapptsein tut in meinen Herzen weh.

»Also, wenn du glaubst, dass wir dich weniger lieben als Jackie oder Philipp ...«

»Nein!«

»Schwindlerin«, sagt Mama leise und sehr zärtlich.

Ertappt! Ertappt! Ertappt! Ich würde am liebsten weglaufen, weil das aber nichts bringt, weiß ich mir nicht anders zu helfen als loszuheulen.

»Ach, Schätzchen«, sagt Mama und küsst mich auf die Wange. Sie umschlingt meine Schultern und bugsiert mich ins Wohnzimmer, wo wir uns auf Oma Brilles gemütliche Samtcouch sinken lassen. »Es tut mir leid, dass du in letzter Zeit ein bisschen zu kurz gekommen bist. Aber weißt du, es ist manchmal wirklich nicht leicht mit deinen Geschwistern. Sie brauchen im Moment einfach beide sehr viel Aufmerksamkeit.«

»Ich auch«, erwidere ich trotzig.

Meine Mutter sieht mich gespielt ungläubig an.

»Tatsächlich?«, fragt sie.

»Ja, stell dir vor«, knurre ich und gebe mir große Mühe, dass es auch wirklich knurrig klingt. Für ein paar Sekunden gelingt es mir, aber dann muss ich breit grinsen.

»Es tut mir leid«, sagt Mama noch einmal und knufft mich sanft in die Seite.

Und mit einem Mal sind all die dummen Gefühle, mit denen ich mich herumgeplagt habe, wie weggeblasen.

Den Rest des Tages mit meiner Mutter verbringen zu können und sie mit niemandem teilen zu müssen, ist einfach wunderbar. Wir quatschen und quatschen bis weit in den Abend hinein. Ich erzähle ihr von Yassi und davon, dass Blümchen sie nicht leiden kann, von Björn-Dakota und seiner komischen Verknalltheitstheorie und schließlich sogar von Jackie, ihrem freizügigen Klamottenstil und ihrem für mich völlig unakzeptablen Hang zu hässlichen Typen.

»Ach, Lilly, weißt du«, sagt Mama. »Geschmäcker sind eben verschieden. Und das ist doch auch gut so, oder meinst du nicht?«

Grundsätzlich schon, was meine Schwester und meine beste Freundin betrifft, sehe ich das allerdings ein bisschen anders.

»Eigentlich hat Jackie genau denselben Geschmack wie ich«, platzt es aus mir heraus.

»So?« Mama zieht ein wenig belustigt ihre rechte Augenbraue hoch.

»Jonas sah jedenfalls total gut aus.«

»Welcher Jonas?«, fragt sie erstaunt.

»Na, der, in den Jackie mal verliebt war«, erwidere ich. »Jackie und Jonas, J plus J«, versuche ich ihr auf die Sprünge zu helfen, denn ich kann mir einfach nicht vorstellen, dass sie davon überhaupt nichts mitbekommen hat. »Die Initialen auf dem Herz an ihrer Wand.«

Meine Mutter schüttelt den Kopf. »Was für ein Herz?«

»Na, das Jackie hinter ihren Kissen versteckt hat.«

Rums ist es heraus, und als ich Mamas Gesichtsausdruck sehe, wird mir siedend heiß bewusst, dass ich gerade eines von Jackies größten Geheimnissen ausgeplaudert habe.

Geschwisterregeln. Geschwisterregeln. Geschwisterregeln sirrt es mir durch den Kopf. Herrje, was bin ich bloß für ein Döspaddel! Kein Wunder, dass Jackie nicht gut auf mich zu sprechen ist!

»Jacqueline hat mir nichts davon erzählt«, sagt meine Mutter jetzt. »Und ich schnüffele auch nicht in euren Zimmern herum.«

»Das habe ich ja auch gar nicht behauptet«, beeile ich mich, die Sache richtigzustellen. »Ich dachte, du hättest es vielleicht mal beim Saubermachen entdeckt.«

»Deine Schwester räumt ihr Zimmer selber auf«, entgegnet Mama. »Genau wie du.«

Schon, aber sie ist viel chaotischer als ich, liegt es mir auf der Zunge zu antworten, verkneife es mir aber gerade noch rechtzeitig.

»Na ja, das mit Jonas ist ja auch schon eine ganze Weile her«, sage ich stattdessen. »Jackie war in ihn verliebt, aber er wollte lieber eine andere.«

»Vielen Dank für die Info«, sagt Mama und zwinkert mir zu.

Erschrocken beiße ich mir auf die Lippe. Warum, zum Teufel, will es mir einfach nicht gelingen, meine Zunge im Zaum zu halten?

Meine Mutter lacht. »Jetzt guck nicht so«, ruft sie und stupst mich gegen die Schulter. »Deine Schwester wird schon noch jemand Passendes finden. Und dabei kommt es vor allem darauf an, dass er *ihr* gefällt ... und nicht uns.«

Vor allem vielleicht, denke ich bei mir. Aber nicht nur. Noch habe ich meine Idee, Jackies Glück ein wenig auf die Sprünge zu helfen, jedenfalls nicht aufgegeben. Wer weiß, womöglich ist Jonas mittlerweile gar nicht mehr mit seiner alten Freundin zusammen. Hm. Ich denke, ich sollte bei Gelegenheit mal an Jackies Schule vorbeischauen.

Weitaus mehr Kopfzerbrechen bereitet mir im Moment allerdings die Sache mit Yassi und Blümchen. Es wäre so schön, wenn meine Freundin unsere neue Klassenkameradin genauso nett finden würde wie ich! Leider habe ich vorhin bei der ganzen Hektik versäumt, ein paar meiner Zettel in die Wundersprücheersatzschachtel zu füllen und mitzunehmen. Vielleicht hätte mir einer der Sprüche ja schon mal eine kleine Hilfestellung geben können.

Zum Abendbrot machen Mama und ich uns ein Spiegelei und einen Tomatensalat. Danach versorgen wir Brotbäckchen und drehen eine letzte kleine Runde mit Herrn Semmelfein.

Um Viertel nach neun liege ich dann fix und fertig im Bett. Gähnend schnappe ich mir mein Handy, um Blümchen noch rasch eine SMS zu schreiben.

Fahre morgen von wittenfeld aus zur schule. Oma brille liegt nach einer blinddarm-op im krankenhaus. Ich hüte mit meiner mutter das haus und die tiere. Lilly x

Kaum habe ich die Nachricht abgeschickt, ploppt auch schon die Antwort rein.

Treffen morgen 10 Minuten vor unterrichtsbeginn neben der sporthalle!

Hä?, denke ich und schreibe sofort zurück.

Wieso das denn?

Doch leider meldet Blümchen sich nicht mehr. Nach fünf Minuten schalte ich das Handy aus, lege es auf den Nachttisch und ziehe mir die hauchdünne Sommerdecke bis unters Kinn hinauf.

Am nächsten Morgen verschlafen Mama und ich, sodass ich mich tierisch beeilen muss, um es noch bis zur verabredeten Zeit zur Sporthalle zu schaffen. Von unterwegs aus versuche ich etliche Male, Blümchen zu erreichen, doch sie geht leider nicht ran. Wahrscheinlich fährt sie mit dem Fahrrad zur Schule und da kann sie natürlich nicht telefonieren.

Kurz vor Erreichen der Südstation laufe ich in der U-Bahn bis ganz nach vorne durch, um möglichst schnell zur Rolltreppe gelangen zu können. Dabei treffe ich Yassi, die zusammen mit Fuat, Akin und Tarik auf einem Viererplatz sitzt.

»Hi«, sage ich und hebe grüßend die Hand.

»Hi«, erwidert Yassi lächelnd und senkt dann rasch den Blick.

Das Kopftuch, das sie heute trägt, finde ich besonders hübsch. Es ist türkisfarben und hat eine dunkelblaue Spitzenkante.

Die drei Jungs mustern mich grimmig. Keine Ahnung, was das soll. Bisher hatte ich mit Fuat, Akin und Tarik nicht viel zu tun, aber wenn Yassi sich mit ihnen versteht, soll mir das nur recht sein.

Hastig gehe ich weiter, zwänge mich an einigen Leuten, die im Gang stehen, vorbei und erreiche die Vordertür genau in dem Moment, als die Bahn zum Stehen kommt.

Die Tür öffnet sich, ich springe nach draußen und sprinte die Rolltreppe hinauf. Während ich die Unterführung durchquere, schaue ich mich nach Blümchen um – für den Fall, dass sie doch mit der U-Bahn gefahren sein sollte –, entdecke sie aber nicht. Also eile ich weiter im Laufschritt in Richtung Schule und erreiche die Sporthalle auf die Minute genau.

Zu meiner großen Überraschung treffe ich dort jedoch nicht auf Blümchen, sondern auf Björn-Dakota, der – ehe ich in irgendeiner Weise reagieren kann – seine Arme um mich wirft und mich hinter einen Busch zieht.

»He, was soll denn das?«, brülle ich. »Lass mich gefälligst los!«

»Ich hab mich entschieden«, stammelt er an meinem Ohr. »*Das* ist los!«

Für Sekunden stehe ich auf der Leitung, aber dann trifft mich die Erkenntnis wie ein Schlag.

»*Du* bist das gewesen«, stoße ich hervor, kralle meine Finger um seine Hände und gebe mir alle Mühe, so schnell wie möglich freizukommen. Doch Björn-Dakota lässt nicht locker. »Du hast mir die Nachricht geschickt!«

»Klar«, schnaubt er. »Wärst du sonst hier?«

»Natürlich wäre ich das«, gebe ich zurück und drücke ihm meine Fingernägel ins Fleisch. »Ich dachte, du bist Blümchen.«

»Aua!«, stöhnt BD. »Wer?«

»Kamilla.«

»Ach so! – Hä? Wieso denn das?«

»Jetzt lass mich doch endlich mal los, dann erkläre ich dir alles«, knurre ich, woraufhin er seinen Griff zögernd lockert. »Woher hast du überhaupt meine Nummer? Etwa von Blümchen?«

Björn-Dakota schüttelt den Kopf.

»Von wem dann?«

»Von Frau Schönerscheidt.«

Wie bitte?

»Unsere Klassenlehrerin hat dir meine Handynummer gegeben?«, stoße ich ungläubig hervor und reiße mich nun mit einem kräftigen Ruck von ihm los.

Björn-Dakota zuckt mit den Schultern. »Natürlich nicht freiwillig.«

Na, das wird ja immer besser!

»Was soll das denn heißen?«, blaffe ich ihn an.

»Erinnerst du dich an unsere letzte Klassenreise?«, antwortet BD mit einer Gegenfrage.

»Ja«, gebe ich zurück. Ich verstehe nur nicht, was das

eine mit dem anderen zu tun hat. Aber dann dämmert es mir allmählich. Damals hat Frau Schönerscheidt sich unsere Handynummern notiert. – Für den Fall, dass einer von uns verloren geht. »Und wie …?«, beginne ich, doch Björn-Dakota lässt mich nicht ausreden.

»Gleich am ersten Tag hat sie ihre Kladde nach dem Abendessen im Speisesaal vergessen«, erklärt er mir. »Ich habe sie ihr hinterhergetragen. Allerdings nicht, ohne vorher die Liste mit den Handynummern zu fotografieren«, fügt er mit einem triumphierenden Grinsen hinzu.

Fassungslos starre ich ihn an. Auf eine solche Idee kann wirklich nur BD kommen! Auch wenn ich mir leider eingestehen muss, dass er nicht der Einzige ist, der die Vorzüge einer Handykamera zu nutzen weiß.

»Du hast deine Nachrichten an mich aber nicht unterschrieben«, sage ich, nachdem ich die Sprache wiedergefunden habe. »Weder diese komische von Sonntagabend noch die von gestern.«

Björn-Dakota streicht sich den Pony aus der Stirn. Irritiert sieht er mich an.

»Aber ich dachte … Was war denn daran komisch?«

Himmel, wie soll ich das so schnell erklären?

Sicherheitshalber weiche ich erst mal einen Schritt zurück.

»Also …«, beginne ich dann. »Die SMS, die du am Freitagnachmittag von mir erhalten hast, habe ich von Blüm… äh… Kamillas Handy aus geschickt und VERSEHENTLICH mit meinem Namen unterschrieben. Es ist nämlich überhaupt nicht so, wie du denkst, und sollte ganz bestimmt keine geheime Botschaft sein.«

Ich mustere ihn aufmerksam, damit mir keine Änderung seines Gesichtsausdrucks entgeht, aber Björn-Dakotas Miene spiegelt unverändert absolute Begriffsstutzigkeit wieder. Ich beschließe, mich davon nicht entmutigen zu lassen, und fahre unbeirrt mit meiner Erklärung fort.

»Ich finde dich nett, aber ich bin nicht in dich verliebt. Und deshalb habe ich auch nicht kapiert, dass deine erste Nachricht von dir war. Verstehst du?«

BD nickt wie ein Roboter, den man auf diese Geste programmiert, dann aber versäumt hat, ihn rechtzeitig abzustellen. Allmählich gerate ich ins Schwitzen, denn der Sachverhalt ist viel schwieriger zu vermitteln, als ich dachte.

»Ich kannte deine Nummer nicht ...«, fahre ich stockend fort. »Also, ich kannte sie natürlich quasi schon, aber ich bin überhaupt nicht auf die Idee gekommen, dass die SMS von dir sein könnte, und deshalb habe ich die Nummer des Absenders auch nicht mit der auf deiner Visitenkarte verglichen. Ich dachte nämlich, diese Nachricht wäre eine Fehlleitung ... also, dass sich jemand vertippt hätte oder so. Ja, und die von gestern Abend habe ich für eine SMS von Blümch... äh, Kamilla gehalten.«

»Ach so«, sagt Björn-Dakota. »Du liebst mich also gar nicht?«

»Nein«, erwidere ich und zucke bedauernd mit den Schultern. »Tut mir leid.«

»Und wieso machst du es dann so kompliziert?«, will er wissen.

»Mach ich doch gar nicht«, entgegne ich, hole tief Luft und setze zu einem weiteren Erklärungsversuch an, doch BD schneidet mir das Wort mit einer unwilligen Handbewegung ab.

»Ist ja auch egal«, brummt er, dreht sich um und rennt davon.

»Was ist denn los?«, zischt Blümchen mir zu, die bereits auf ihrem Platz sitzt, als ich in den Klassenraum trete.

»Hast du meine SMS nicht bekommen?«, frage ich.

Sie schüttelt den Kopf. »Mein Akku war leer. Wann hast du sie denn geschickt?«

»Gestern Abend«, sage ich, während ich mich auf den Stuhl neben ihr schiebe und hastig meine Sachen aus dem Rucksack hole.

Frau Schönerscheidt ist bereits da, kramt aber noch in ihren Unterlagen.

»Oma Brille hatte eine Blinddarmentzündung und musste ins Krankenhaus«, wispere ich. »Mama und ich haben bei ihr im Haus geschlafen.«

»Ach so.« Blümchen atmet erleichtert auf. »Und ich dachte schon.«

»Was?«

»Na, dass wir vielleicht Streit hätten.«

»Wieso?«

Sie nickt zu Yassi hinüber, die noch immer zwischen Bent und Ole sitzt und ziemlich unglücklich aussieht. »Na, ihretwegen.«

»Quatsch«, erwidere ich. »Wegen Yassi streiten wir doch nicht.«

»Und was ist jetzt mit deiner Oma?«, flüstert Blümchen.

»Alles so weit okay, glaube ich. Mama und ich fahren sie heute besuchen.«

»So, meine Lieben«, unterbricht Frau Schönerscheidt unsere Unterhaltung, »ich bitte darum, alle Gespräche einzustellen. Der Unterricht beginnt.« Sie wünscht uns einen guten Morgen, heißt Yassi kurz willkommen und fordert uns dann auf, unsere Arbeitsbücher auf Seite dreiundneunzig aufzuschlagen. »Wer möchte lesen?«, fragt sie, während noch alle blättern. »Yasemin?«

Sofort richten sich sämtliche Augenpaare auf sie.

Auch Yassi scheint die richtige Stelle noch nicht gefunden zu haben. Hektisch blättert sie die Seiten hin und her. Plötzlich stutzt sie und sämtliche Farbe weicht aus ihrem Gesicht.

Ich registriere, wie sie mit blitzschneller Geste etwas aus dem Buch greift und ihre Hand dann unter dem Tisch verschwinden lässt.

»Was war das denn jetzt?«, murmele ich.

»Schscht«, mahnt Frau Schönerscheidt. »Alles in Ordnung ... Yasemin?«

»Ja«, haucht Yassi und zieht verschüchtert den Kopf ein.

»Hast du die Seite inzwischen gefunden?«, fragt unsere Klassenlehrerin und tippt ungeduldig mit ihren violett lackierten Fingernägeln auf dem Pult herum.

»Ähm, ja.« Yassi räuspert sich.

»Gut«, sagt Frau Schönerscheidt. »Würdest du dann bitte mit dem Lesen beginnen ... Yasemin?«

Jedes Mal, wenn sie Yassis Namen ausspricht, zucke ich innerlich zusammen. Ich mag nicht, wie sie ihn betont.

Yassi nickt, räuspert sich noch einmal und rezitiert die Überschrift stockend, aber laut und deutlich.

»Ein bisschen zügiger, bitte«, fordert Frau Schönerscheidt sie auf.

Sie lehnt sich gegen die Kante des Lehrerpults und schaut abwechselnd zu Yassi und in ihr eigenes Buch.

Aus der Pissnelkenreihe ertönt ein Kichern, zunächst noch unterdrückt, doch schließlich ganz offensichtlich. Es ist sehr viel lauter als mein Gemurmel von eben, doch unsere Klassenlehrerin ruft weder Kristina noch Annabelle oder Marie zur Ordnung.

Anstatt auf den Text starre ich Frau Schönerscheidt an und bilde mir ein, immer dann, wenn Yassi ins Stocken gerät, so etwas wie Genugtuung aus ihrer Miene ablesen zu können.

Brennender Zorn kocht in mir hoch, und am liebsten würde ich aufspringen und was sagen, weil ich aber weiß, dass das zu nichts führen wird, lasse ich es sein. Erwachsene sitzen immer am längeren Hebel und Lehrer sowieso. Am Ende rächen sie sich mit schlechten Noten und meine Klassenlehrerin gehört leider eindeutig in diese Kategorie.

»Das war total gemein«, sage ich nach der Deutschstunde zu Blümchen.

»Stimmt«, pflichtet sie mir bei. »Gemein und ungerecht. Aber so ist das eben«, setzt sie achselzuckend hinzu.

»Was meinst du denn damit?«, frage ich empört.

Blümchen antwortet nicht gleich, sondern kramt umständlich in ihrem Rucksack nach ihrer Brotdose.

»Gib's schon zu!«, pflaumt sie mich schließlich an. »Du findest es doch auch seltsam, dass Yasemin ein Kopftuch trägt. Das ist voll unnormal«, regt sie sich auf und fuchtelt sich vor der Stirn herum. »Garantiert wird sie von ihren Eltern dazu gezwungen.«

»Das glaube ich nicht«, erwidere ich und erzähle ihr von meiner Begegnung mit Busra. »Wenn schon Yassis große Schwester kein Kopftuch tragen muss ...«

»Die ist ja auch viel älter und kann sich besser durchsetzen«, fällt Blümchen mir heftig ins Wort. »Und jetzt will ich nichts mehr davon hören, kapiert?«

Erschrocken sehe ich sie an. Ich begreife einfach nicht, warum sie immer wieder so aufbrausend reagiert, wenn es um Yassi geht. Bisher ist es auch für Blümchen immer selbstverständlich gewesen, sich auf die Seite der Schwächeren zu stellen. Ehe ich aber etwas entgegnen kann, hat sie sich bereits abgewandt und stapft mit langen Schritten aus dem Klassenraum.

Mir bleibt nichts anderes übrig, als ihr zu folgen und schweigend neben ihr her auf den Pausenhof hinauszuspazieren.

Ich beiße in mein Schinkenbrot, das Mama mir heute Morgen noch in aller Eile geschmiert hat, und kann es gar nicht richtig genießen, weil ich immer wütender werde.

Nicht allzu offensichtlich, damit Blümchen es bloß nicht merkt, sehe ich mich nach Yassi um. Ich entdecke sie allerdings erst nach einer ganzen Weile aus der Ferne, wie sie alleine in der Nähe des Fahrradunterstands auf und ab geht. Ganz in ihrer Nähe lungern Fuat, Akin und Tarik herum. Sie halten jedoch ein paar Schritte Abstand und reden nicht mit ihr. Auf den ersten Blick könnte man den Eindruck haben, dass sie auf Yassi aufpassen, auf den zweiten jedoch kommt es mir viel eher so vor, als würden die drei Jungs sie bewachen.

»Guck mal, ist das nicht seltsam?«, sage ich zu Blümchen und nicke zu Yassi, Fuat, Akin und Tarik hinüber.

Ich kann mir zwar denken, dass sie sich gleich wieder total über mich aufregen wird, aber es geht nicht anders. Ich muss einfach mit jemandem darüber reden. Und Blümchen ist schließlich meine beste Freundin.

»Na und?«, erwidert sie. »Das ist nun mal so bei denen. Vielleicht hat Yasemin keine Brüder, die sie beschützen, und Tarik, Fuat und Akin übernehmen diese Aufgabe. Ist doch nett«, fügt sie schulterzuckend hinzu.

»Ich weiß nicht«, sage ich. »Mir ist das irgendwie nicht geheuer.«

Blümchen schiebt sich den Rest einer Möhre in den Mund und seufzt.

Ich sehe ihr an, dass sie noch einen Kommentar loswerden will, sie kommt aber nicht mehr dazu, denn ehe sie ihren Bissen hinuntergeschluckt hat, passiert etwas noch viel Ungeheuerlicheres.

Von den Mädchentoiletten her nähern sich Kristina, Annabelle und Marie. Außer den zitronengelben Miniröcken und ihren orangefarbenen Blusentops tragen sie jetzt noch knallrote Kopftücher – und zwar auf haargenau dieselbe Art und Weise wie Yassi.

Sie haben einander untergehakt und steuern schnurstracks auf den Fahrradunterstand zu. Ihr dummes Gekicher ist bis zu uns herüber zu hören.

Die Wut in meinem Bauch explodiert nun völlig unkontrolliert. »Diese saublöden Arschgeigen!«, fauche ich, und ohne mich noch weiter um Blümchens Befindlichkeiten zu scheren, dampfe ich wie eine Asphaltwalze auf die Pissnelken zu.

Mit jedem Schritt werde ich schneller. Die Sohlen meiner Sandalen klackern über das Pflaster des Schulhofs. Trotzdem bemerken Marie, Annabellele und Kristina mich erst, als ich unmittelbar hinter ihnen bin. Drei schnelle gezielte Griffe genügen, und die roten Tücher befinden sich nicht mehr auf den Köpfen der Pissnelken, sondern in meiner Hand hinter meinem Rücken.

»Ey, was soll 'n das?«, brüllt Kristina.

Wie einstudiert fahren die drei Pissnelken gleichzeitig zu mir herum.

»Bist du bescheuert!«, faucht Annabelle. »Gib uns gefälligst sofort die Tücher zurück.«

Nun, da sie so dicht vor mir steht, sehe ich, dass sie ihr Gesicht bis zum Haaransatz komplett mit Schminke zugekleistert hat. Die Pickel, die sie bisher unter zwei winzigen Pflastern verborgen hielt, stehen unter dieser Make-up-Schicht wie Beulen hervor.

»Ich ganz bestimmt nicht«, zische ich, während ich die Tücher hinten in meine Hose stopfe. »Wenn hier jemand bescheuert ist, dann ja wohl ihr. Aber ich warne euch: Wenn ihr Yassi nicht in Ruhe lasst, kriegt ihr es mit mir zu tun!«

Besuch bei Oma Brille

Blümchen war sauer. Etwas anderes hatte ich auch nicht erwartet. Je länger ich darüber nachdenke, desto weniger verstehe ich allerdings, weshalb.

Meine Freundin hasst die Pissnelken ebenso sehr wie ich. Und sie fand diese Kopftuchaktion nicht weniger gemein. Das hatte sie sogar selber noch gesagt. Aber das war dann auch das Letzte, was an diesem Schulvormittag aus ihr herauszukriegen war. Und seitdem herrscht Sendepause. Selbst als ich ihr von meiner seltsamen Begegnung mit Björn-Dakota erzählte, hat Blümchen nicht einmal mit der Wimper gezuckt.

Inzwischen habe ich mit meiner Mutter zu Mittag gegessen, und nun sind wir gerade dabei, ins Krankenhaus aufzubrechen.

»Was ist denn los mit dir?«, erkundigt Mama sich besorgt. »Du bist so still heute.«

»Ach, nix«, gebe ich unwillig zurück. »Ich habe bloß ein bisschen Knatsch mit Blümchen. Das ist alles.«

»Möchtest du darüber reden?«

»Keine Ahnung«, sage ich, öffne die Haustür und trete auf den Bürgersteig hinaus. »Es ist irgendwie ... kompliziert.«

Mama nickt. »Aha.«

Sie schließt die Tür ab und wir laufen los.

Die Theresienklinik liegt nicht weit entfernt und eigentlich hätten wir auch die Fahrräder nehmen können, aber meine Mutter wollte mir den Rostesel nicht zumuten.

Nach fünf Minuten Schweigemarsch erreichen wir die Haltestelle am Ende der Siedlung, wo wir nicht lange auf den Bus warten müssen, und wenig später stehen wir auch schon vor der großen gläsernen Eingangstür des Krankenhauses.

Plötzlich fühle ich mich unbehaglich und würde am liebsten gar nicht hineingehen. Allerdings möchte ich nicht auch noch meine Mutter verärgern und so trotte ich mit hängenden Schultern hinter ihr her in Richtung Fahrstühle.

»Zweiter Stock, Zimmer 212«, murmelt sie und drückt auf den Schalter mit dem Aufwärts-Symbol. »Das muss die Innere sein.«

Ich sehe sie kurz an, und mir fällt auf, dass auch sie ziemlich blass um die Nase ist.

Mama bemerkt meinen Blick und lächelt ein wenig missglückt.

»Tut mir leid«, sagt sie, »aber Krankenhäuser drücken mir immer ein wenig auf die Stimmung. Wenn ich nicht sicher wüsste, dass Oma Brille sich über unseren Besuch freut, würde ich auf der Stelle von hier verschwinden.«

»Geht mir genauso«, krächze ich, und auf einmal müssen wir beide grinsen.

Kurz darauf öffnet sich die Fahrstuhltür und nicht einmal eine Minute später stehen wir auf der Schwelle zu Oma Brilles Zimmer.

Es ist nicht sehr groß, aber schön hell. An den fliederfarbenen Wänden hängen hübsche Bilder, und vor dem Fenster, durch das man in einen herrlichen Park hinausschauen kann, sind sonnengelbe Vorhänge angebracht.

Die beiden Betten, die nebeneinander an der Kopfwand stehen, sind allerdings leer und eines davon scheint ohnehin unbenutzt zu sein.

Mama und ich sehen uns stirnrunzelnd an. Da ertönt hinter einer zweiten Tür im Eingangsbereich ein Klappern.

»Oh, ich glaube, sie ist auf der Toilette«, sagt meine Mutter.

»Was? Sie hat ein eigenes Klo?«, frage ich erstaunt.

»Deine Großmutter hat eine Zusatzversicherung abgeschlossen«, erklärt Mama mir. »Damit hat sie Anspruch auf ein Zweibettzimmer inklusive Bad und Chefarztbehandlung.«

Sie hat es kaum ausgesprochen, da klappert es ein zweites Mal, diesmal gefolgt von einem Fluchen.

Meine Mutter macht einen Schritt auf die Tür zu und klopft sachte dagegen. »Alles in Ordnung mit dir?«

»Wer ist denn da?«, ruft Oma Brille ungeduldig zurück. »Können Sie mich denn nicht einmal auf dem Klo in Frieden lassen?«

Ich unterdrücke ein Kichern und Mama atmet erleichtert auf. »Es geht ihr gut«, stellt sie zufrieden fest und bedeutet mir, auf einem der beiden Stühle Platz zu nehmen, die an dem kleinen runden Tisch vor dem Fenster stehen. Sie selber setzt sich auf den anderen.

Nach einer Weile rauscht die Klospülung. Kurz darauf öffnet sich die Badezimmertür, und eine Stange auf Rädern, an der ein durchsichtiger Beutel mit einer klaren Flüssigkeit hängt, kommt herausgerollt. Ihm folgt meine Großmutter in einem minikurzen schneeweißen Kittelchen. Sie trägt ihre ungeliebte knallrote Brille und sieht ziemlich missgelaunt aus, doch als sie Mama und mich bemerkt, hellt sich ihre Miene sofort auf.

»Ach, Pia-Schätzchen, ihr seid das!«

Meine Mutter erhebt sich sofort und eilt meiner Großmutter entgegen, um ihr zu helfen.

»Jetzt tu mal nicht so, als ob ich eine alte Frau wäre«, brummt Oma Brille und lässt sich auf die Bettkante plumpsen.

»Hast du denn keine Schmerzen?«, erkundigt Mama sich und küsst meine Großmutter auf die Wange.

Oma Brille macht eine abwiegelnde Geste. »Es ziept ein bisschen, das ist alles.«

»Ich habe heute Vormittag mit der Stationsärztin telefoniert, und die sagte mir, dass du keine Sekunde später hättest operiert werden dürfen«, entgegnet meine Mutter mit ernster Stimme.

»Bin ich ja auch nicht«, gibt Oma Brille zurück und verrenkt sich den Kopf nach mir. »Lilly-Maus, wie schön, dass du mitgekommen bist.«

»Hallo, Omilein«, sage ich und winke ihr von meinem Stuhl aus zu. Hier fühle ich mich einigermaßen sicher.

Die Stange mit dem Beutel und das weiße Kittelnachthemd sind mir irgendwie unheimlich. Außerdem habe ich bis eben nicht gewusst, dass es beinahe Komplikationen gegeben hätte.

»Willst du mir nicht endlich erzählen, wo du letzten Donnerstag gewesen bist?«, fragt Mama unvermittelt.

»Wenn du gestattest, möchte ich mich jetzt erst mal hinlegen«, erwidert Oma Brille. Sie lehnt sich gegen das aufgestellte Kopfteil zurück und verzieht schmerzvoll das Gesicht.

»Soso, nur ein kleines Ziepen«, sagt Mama und schiebt die Decke zur Seite. Vorsichtig hebt sie Oma Brilles Beine hoch und legt sie auf die Matratze. »Dass du dir aber auch partout nicht helfen lassen willst.«

»Na ja, von dir schon«, knurrt meine Großmutter. Sie zieht sich die Bettdecke bis zum Bauch hinauf und tätschelt Mama die Wange. »Stell dir vor: Die jungen Dinger, die hier arbeiten, wollten mich dazu überreden, eine Windel zu tragen. Oder mir *bei Bedarf* eine Pfanne unterzulegen.«

»Kein schlechter Gedanke«, findet Mama, doch Oma Brille schüttelt energisch den Kopf. »Das kommt überhaupt nicht infrage. Gerade nach einer Operation ist es wichtig, sich zu bewegen. Dass ich die Toilette aufsuche, um meine Geschäfte zu erledigen, versteht sich da ja wohl von selbst.«

Meine Mutter seufzt leise, aber dann lächelt sie.

»Ich bin sehr froh, dass ich keine Krankenschwester

bin. Wenn ich mir vorstelle, dass ich eine ganze Station voller selbstbewusster Damen zu versorgen hätte ... Nein, da sind mir meine Bücher schon lieber.«

»Ach, und die werden wohl nicht von selbstbewussten Damen gelesen?«, erwidert meine Großmutter barsch.

»Doch, schon«, gibt Mama zurück. »Allerdings sind die in der Regel nicht bettlägerig.«

»Das bin ich auch nicht«, stellt Oma Brille entschieden klar. »Freitag werde ich entlassen und dann ...«

»Wer hat das entschieden?«, unterbricht meine Mutter sie.

»Ich«, sagt Oma Brille.

»Aber ...«

Weiter kommt Mama nicht.

»Ich werde diesen Wisch unterschreiben, mit dem ich bestätige, dass ich die Verantwortung für mich übernehme«, fährt meine Großmutter energisch fort. »So, wie ich es mein ganzes Leben lang getan habe.«

»Meinst du nicht, dass die Ärzte es in diesem speziellen Fall besser beurteilen können?«, wendet meine Mutter vorsichtig ein, während sie Oma Brilles Kopfkissen zurechtzupft.

»Herrgott, jetzt lass doch mal dieses Gefummel«, regt meine Großmutter sich auf. »Es ist doch alles ganz wunderbar so. Und außerdem sag ich dir mal was, mein Kind«, echauffiert sie sich weiter. »Vor zwei Wochen hatte ich den Installateur da, weil die Rohrleitung unter der Spüle tropfte. Der gute Mann hat geschlagene zwei Stunden daran herumgebastelt, mit dem Ergebnis, dass es am nächsten Tag noch mehr getropft hat. Am Ende habe ich das Ding selbst repariert und es ist immer noch dicht.«

»Das mag ja sein«, erwidert Mama. »Ein Blinddarm ist aber keine Rohrleitung.«

Da gebe ich ihr recht. Oma Brille hatte aber schon immer ihren eigenen Kopf und den wird sie ganz sicher auch diesmal durchsetzen.

»Mir wäre jedenfalls wohler, wenn ich dich übers Wochenende in der Klink wüsste«, setzt meine Mutter hinzu, doch auch darauf gibt Oma Brille natürlich sofort Kontra.

»Ich denke, es geht hier in erster Linie um *mein* Wohlsein«, entgegnet sie unwirsch. »Und das ist vor allem dann gewährleistet, wenn ich mich daheim in meinem Haus und bei meinen Tieren befinde.«

»Brotbäckchen und Herrn Semmelfein geht es gut«, werfe ich hastig ein.

»Ach, mein Engelchen«, sagt Oma Brille und versucht über Mamas Schulter hinweg einen Blick auf mich zu erhaschen. »Pia-Kind, jetzt setz dich doch mal hin, damit ich mich auch ein wenig mit Lilly unterhalten kann.« Sie nickt mir aufmunternd zu. »Am besten, ihr stellt die beiden Stühle rechts und links neben mein Bett«, weist sie uns an.

Ich springe sofort auf und postiere meinen Stuhl an ihre linke Seite.

»Hast du keine Zimmergenossin?«, fragt Mama und deutet auf das andere Bett.

Oma Brille hebt die Hände zur Zimmerdecke. »Gott bewahre!«

»Na, selbstverständlich ist das nicht«, bemerkt meine Mutter, während sie den zweiten Stuhl heranholt und sich leise seufzend darauf niederlässt.

Oma Brille ignoriert ihre Bemerkung und greift stattdessen nach meiner Hand. »Es ist wirklich sehr lieb von euch, dass ihr euch um die Tiere kümmert.«

»Aber das ist doch wohl klar«, sage ich. »Als du Mama gestern angerufen hast, hat sie sich sofort ein paar Tage freigenommen.«

»Hm, so.« Meine Großmutter schürzt die Lippen und betrachtet mich kritisch durch ein zusammengekniffenes Auge. »Was liegt dir denn auf der Seele, Mädchen?«

»Ähm ... Wieso?«

Sie schüttelt leise den Kopf. »Deswegen frage ich ja.«

Ich schlucke und senke den Blick. Oma Brille bleibt wirklich nichts verborgen.

»Du hast dich doch nicht mit deiner Freundin gestritten, oder?«, bohrt sie weiter. »Kamilla hätte übrigens ruhig mitkommen können.«

»Doch, hab ich«, krächze ich.

Und dann erzähle ich ihr die ganze Geschichte mit Yassi.

Oma Brille lehnt sich tief in ihr Kissen zurück und hört mir aufmerksam zu, ohne mich ein einziges Mal zu unterbrechen.

»Na, der Fall liegt doch klar auf der Hand«, meint sie,

als ich mit meinem Bericht am Ende angelangt bin und sie Rat suchend ansehe. »Kamilla hat Angst, dich als Freundin zu verlieren.«

»Aber das ist doch Quatsch!«, rufe ich.

»Tja, das sagst *du*«, erwidert Oma Brille.

»Das kann ich Blümchen auch sagen«, gebe ich eifrig zurück.

Meine Großmutter wiegt ihren Kopf hin und her. »Das solltest du lieber lassen.«

»Wieso?«

»Erstens, weil sie wahrscheinlich nicht einmal sich selbst eingestehen würde, dass sie eifersüchtig ist, und zweitens, weil man Angst nicht mit Worten verscheuchen kann.«

»Sondern?«

»Nur durch Taten.«

Aha. »Und was soll ich deiner Meinung nach tun?«, frage ich sie.

»Das weiß ich leider auch nicht«, antwortet Oma Brille. »Du kennst deine Freundin besser als ich ... und du hast Fantasie. Ich bin sicher, dir wird schon was einfallen«, äußert sie zuversichtlich.

»Hm«, mache ich, denn ich beurteile die Sache keineswegs so optimistisch wie sie. Gerade jetzt, nachdem es eine durchaus einleuchtende Erklärung für Blümchens Verhalten gibt, kommt mir das Ganze erst so richtig kompliziert vor.

»Hauptsache, du lässt die kleine Yassi nicht im Stich«, setzt Oma Brille noch hinzu. »Du hast dich immer für die Benachteiligten eingesetzt. Damit darfst du unter keinen Umständen aufhören.«

»Und wenn Blümchen dann nichts mehr mit mir zu tun haben will?«, gebe ich ängstlich zurück.

»Verlass dich drauf, so weit wird es nicht kommen.« Meine Großmutter lächelt mich ermutigend an. »Kamilla hat dich gern, sonst wäre sie ja nicht eifersüchtig.«

»Oma hat recht«, meldet sich Mama zu Wort, woraufhin sie von Oma Brille nur ein Kopfschütteln erntet.

»Natürlich hat Oma recht«, brummt sie. »Schließlich hat Oma jede Menge Lebenserfahrung.«

»Fein«, sagt meine Mutter. »Würdest du uns dann nun bitte erläutern, wohin dich deine Lebenserfahrung am Donnerstag getrieben hat?«

»Natürlich! Auf den Friedhof«, erwidert Oma Brille ohne Umschweife. »Ich musste dringend das Grab deines Vaters in Ordnung bringen.«

Mama schnappt geräuschvoll nach Luft. »Wenn du damit andeuten willst, dass ich mich nicht ausreichend darum kümmere«, beginnt sie, aber meine Großmutter lässt sie nicht ausreden.

»Im Gegenteil, mein Kind«, erwidert sie. »Ich hatte stundenlang damit zu tun, diesen fürchterlichen Bodendecker zu entfernen und alles neu zu bepflanzen.«

Einen Moment, in dem Mama und Oma Brille sich einfach nur ansehen, herrscht unheilvolles Schweigen. Ich überlege bereits, ob ich mich nicht besser diskret aus dem Zimmer verziehen soll, da findet meine Mutter als Erste die Sprache wieder.

»Du hättest ja mal was sagen können.«

»Was ich hiermit getan habe«, entgegnet Oma Brille. »Und jetzt, meine Süßen, würde ich gerne ein wenig in meiner Illustrierten blättern.«

»Ganz wie du willst.« Meine Mutter steht von ihrem Stuhl auf und stellt ihn wieder an den Tisch. »Dass ich mich um Herrn Semmelfein, deine Katze und die Blumen kümmere, ist dir hoffentlich recht.«

»Dafür bin ich dir sogar sehr dankbar«, erwidert Oma Brille lächelnd.

»Gut«, sagt Mama und bittet mich, meinen Stuhl ebenfalls zurückzustellen. »Lilly meinte übrigens, du magst dieses rote Gestell nicht«, fährt sie dann an meine Großmutter gewandt fort. »Ich finde ja, dass es dir sehr gut steht.«

»Mhm.« Oma Brille nickt. »Lillys Freundin Kamilla ist auch dieser Ansicht.«

Mama runzelt die Stirn. »Und du?«, will sie wissen.

»Ich habe im Moment keine andere zur Verfügung«, brummt meine Großmutter.

»Dann bringe ich dir morgen eben eine Zweite mit«, sagt Mama. »Und wenn du willst, auch eine Dritte und Vierte.«

Oma Brille winkt ab. »Nicht nötig. Dieses Krankenhauszimmer ist der ideale Ort, um mich an das Ding zu gewöhnen. Außer den Ärzten und Schwestern und meinen engsten Vertrauten sieht mich hier ja keiner. Und wenn mir das Gestell am Freitag noch immer nicht gefällt, bringe ich es wieder zurück.«

»Das nenne ich mal eine weise Entscheidung«, meint meine Mutter augenzwinkernd. »Und ruf mich bitte an, wenn du etwas brauchst. Ich besorge dir alles, was du möchtest.«

Über Oma Brilles Gesicht huscht ein verschmitztes Grinsen. »Pass bloß auf, mein Kind!«, entgegnet sie mit wedelndem Zeigefinger. »Womöglich nehme ich dich noch beim Wort. Und jetzt gebt mir einen Kuss und verschwindet. Ich brauche unbedingt noch ein bisschen Ruhe, bevor die nächste Truppe über mich herfällt.«

Familie Celik

»Sie meint es nicht so«, sage ich, nachdem wir durch die große Glastür ins Sonnenlicht hinausgetreten sind.

»Irrtum«, widerspricht meine Mutter. »Sie meint es genau *so*. Oma Brille war schon immer besonders bärbeißig, wenn sie sich in einer Situation befand, die sie nicht zu hundert Prozent unter Kontrolle hatte. Sie kann es einfach nicht leiden, auf andere angewiesen zu sein.«

»Sie hilft eben lieber«, verteidige ich sie.

»Stimmt«, erwidert Mama lächelnd. »Übrigens: Nicht, dass du mich falsch verstehst. Ich weiß, dass sie sich über unseren Besuch und meine Fürsorge sehr gefreut hat. Sie kann es nur nicht so zeigen.«

»Und was ist mit Opa Hermans Grab?«, frage ich. »Hast du diese Bodendecker wirklich da eingepflanzt, obwohl sie die gar nicht haben wollte?«

»Natürlich nicht«, gibt meine Mutter zurück. »Sie selbst war es, die damals auf dieses hässliche Gestrüpp bestanden hat. Oma Brille fand es ungemein praktisch. Ich habe gleich gewusst, dass sie es irgendwann wieder rausreißen würde.«

»Glaubst du, dass sie ihn sehr vermisst?«, frage ich.

»Das glaube ich nicht nur, das weiß ich.«

»Obwohl er schon so lange tot ist?«

»Mein Vater war ein ganz wundervoller Mensch«, sagt Mama, und ein wehmütiger Ausdruck umspielt ihre Augen. »Und deine Großeltern haben sich sehr geliebt.« Sie drückt kurz meine Hand. »Es ist wirklich schade, dass du ihn nicht mehr kennengelernt hast.«

Ja, das finde ich auch.

Auf den Fotos, die es von ihm gibt, sieht Opa Hermann wahnsinnig nett aus. Ich weiß, dass er Tischler war, und ich habe unzählige lustige Geschichten über ihn gehört. Leider ist er bereits im Alter von achtundvierzig Jahren an Krebs gestorben. – Das Leben ist eben ungerecht!

Inzwischen sind wir an der Bushaltestelle auf der gegenüberliegenden Straßenseite angekommen. Mama studiert den Fahrplan und erkundigt sich dann bei mir, ob ich viele Hausaufgaben aufhabe oder ob wir noch ein bisschen durch die Gegend bummeln und anschließend ein Eis essen gehen sollen.

»Keine Lust«, sage ich. »Ich möchte noch ein bisschen für mich sein.« Und über das nachdenken, was Oma Brille bezüglich Blümchens Eifersucht gesagt hat, füge ich im Stillen hinzu.

»Okay«, meint Mama, »dann strecke ich mich mit einer Pralinenschachtel auf der Gartenliege aus und fange ein neues Buch an.«

Na klar, das passt zu ihr!

»Wie heißt es?«, frage ich.

»Oh, ich habe fünf zur Auswahl. Einen Historienschinken, eine Biografie, eine Liebesgeschichte und zwei Thriller. Alles Neuerscheinungen.«

»Und welches interessiert dich am meisten?«

»Einer der beiden Thriller«, erwidert sie. »Aber zuerst muss ich wissen, wie er ausgeht.«

»Du bist wirklich plemplem«, sage ich liebevoll.

Egal, welches Buch meine Mutter zur Hand nimmt, sie liest immer zuerst das Ende. Das ist ihr ganz besonderer Spleen. Früher hat sie noch behauptet, sie täte das für ihre Kunden, weil die so oft danach fragen würden, ob der betreffende Roman ein Happy End habe, und sie schließlich nicht alle Bücher komplett lesen könne. Mittlerweile hat sie aber zugegeben, dass sie die Ungewissheit über den Ausgang einer Geschichte selber nicht ertragen kann. Für Mama bedeutet lesen, sich zu entspannen, und das klappt nun mal nicht, wenn sie sich die ganze Zeit Sorgen um die Romanfiguren machen muss.

»Und wenn schon«, erwidert sie. »Ich bin sehr gerne ein bisschen plemplem.«

Während der Busfahrt reden wir noch über dies und das. Vor allem über blöde Lehrer und nervige Kunden.

»Morgen haben wir wieder Mathe bei Mister Ungerecht«, sage ich. »Dummerweise befinden sich meine Unterlagen daheim in meinem Zimmer.«

»Du hast deine Hausaufgaben also gar nicht dabei?«, fragt Mama gespielt streng.

»Nee, ausnahmsweise nicht.«

»Ausnahmsweise ist genehmigt«, erwidert sie. »Ich werde dir eine Entschuldigung schreiben.«

Bis zur Ecke an der Rosenstraße, in der Oma Brille wohnt, gehen wir noch gemeinsam.

»Ich glaub, ich schau noch mal nach Yassi«, sage ich.

»Weißt du denn, wo sie wohnt?«, will meine Mutter wissen.

»Nein, aber ihre Eltern eröffnen doch in der Einkaufsstraße demnächst diesen Bio-Imbiss. Vielleicht treffe ich sie ja da.«

Das zumindest hoffe ich. Notfalls frage ich im Schreibwarengeschäft nach ihr. Möglicherweise können mir die Verkäuferinnen dort sagen, wo ich die Celiks finde.

»Bio-Imbiss klingt schon mal gut«, meint Mama und streichelt mir zum Abschied flüchtig über die Wange. »Den müssen wir unbedingt ausprobieren.«

»Aber garantiert«, sage ich und hebe den Daumen.

»Bis später, Süße«, erwidert sie. »Abendbrot um halb sieben?«

»Okay.« Ich nicke ihr noch einmal zu und laufe dann weiter bis zur übernächsten Querstraße, die direkt auf die Einkaufsstraße zuführt.

Von Blümchens und meinem geliebten Billigklamottenladen ist inzwischen nichts mehr zu erkennen.

Außer der Vitrine im ehemaligen Kassenbereich gibt es jetzt noch einen weiteren Kühltresen, eine Küchentheke und ein Regal, in das zwei türkische Frauen – eine mit und eine ohne Kopftuch – Schalen und Schüsseln aus Glas und Edelstahl einräumen. Ein paar Männer sind damit beschäftigt, Tische und Stühle auszupacken und zusammenzubauen, außerdem wird eine Wand gerade in einem äußerst freundlichen Pfirsichton gestrichen. Yasemin oder Busra sehe ich leider nirgends.

Ich laufe ein paar Schritte auf und ab, spähe die Einkaufsstraße hinunter und nehme dabei besonders den Schreibwarenladen ins Visier, doch von Yassi oder ihrer Schwester fehlt auch hier jede Spur. Und so fasse ich mir schließlich ein Herz und betrete den Imbiss.

»Tut mir leid, aber wir haben noch nicht geöffnet!«, ruft einer der Männer mir zu.

»Ich weiß«, sage ich und bleibe sofort stehen. »Ich ... ähm ... ich suche Yasemin Celik.«

»Oh!« Die Frau mit dem Kopftuch merkt sofort auf. Sie stößt die andere, die mir den Rücken zugewandt hat, an und sagt etwas auf Türkisch zu ihr. Daraufhin dreht diese sich ebenfalls zu mir um.

Sie ist ungefähr in Mamas Alter, vielleicht etwas jünger, und sie sieht Yassi unfassbar ähnlich.

»Guten Tag«, sage ich. »Sind Sie Yassis Mutter?«

Die Frau runzelt die Stirn. »Yassi?«

»Yasemin«, korrigiere ich mich, deute einen Knicks an und stelle mich hastig vor: »Ich bin eine Klassenkameradin von ihr. Mein Name ist Lilly. Lilly Wunderbar.«

»Ah, Lilly!«

Ein Strahlen breitet sich über das Gesicht der Frau aus. Sie stellt die Schüsseln, mit denen sie gerade noch hantiert hat, auf den Küchentresen, wischt sich die Hände an einem Geschirrtuch ab und umrundet die Vitrine.

Mit weit ausgebreiteten Armen kommt sie auf mich zu. »Wie schön, dass ich dich kennenlernen darf. Yasemin hat sehr stolz von dir erzählt. Ja, ich bin ihre Mutter, Aliye Celik. Selam, guten Tag!«

»Ähm, guten Tag«, sage ich noch einmal. »Ist Yasemin nicht hier?«

Frau Celik zuckt bedauernd mit den Schultern.

»Nein, sie ist ... sie muss hier irgendwo herumlaufen«, erwidert sie und macht eine weit ausholende Geste.

»Hier in der Einkaufsstraße?«

Yassis Mutter nickt eifrig. »Ja, ja, ja.«

Ich deute in Richtung Scheibe, durch die man auf den Eingang des Schreibwarenladens schauen kann. »Ist sie vielleicht dort hingegangen, um sich weitere Unterlagen für die Schule zu kaufen?«

»Ja, vielleicht.«

Wieder ruft die Frau mit dem Kopftuch etwas auf Türkisch zu ihr herüber. Sie scheint etwas älter als Aliye Celik zu sein und sieht auch vollkommen anders aus als sie. Eine direkte Verwandte ist sie also offenbar nicht.

Yassis Mutter nickt, und als die Frau schließlich eine Hand auf Ohrhöhe anhebt und dabei ihren Daumen und den kleinen Finger abspreizt, hellt Frau Celiks Miene sich auf.

»Ja, ja, natürlich«, sagt sie und wendet sich wieder mir zu. »Ich schreibe dir schnell Yasemins Mobilnummer auf.«

Wenn das mal keine gute Idee ist!

Ich schenke der Frau mit dem Kopftuch ein zaghaftes

Lächeln und hole mein Handy hervor. »Sie können sie mir auch gerne diktieren.«

Mit dem Handy am Ohr verlasse ich den Imbiss. Es dauert eine Weile, bis Yassi sich meldet.

»Selam! ... Hallo?«

»Yassi, ich bin's, Lilly!«

»Oh, Lilly«, ruft sie erfreut. »Woher hast du meine Nummer?«

»Deine Mutter hat sie mir gegeben, ich bin hier ... ähm, direkt vor eurem Im...«

Weiter komme ich nicht, denn plötzlich taucht ein Schatten neben mir auf. Vor Schreck zucke ich zusammen, ehe ich jedoch reagieren und zur Seite springen kann, wird mir auch schon das Handy aus der Hand gerissen. Ein hämisches Lachen ertönt, und noch ehe ich mich's versehe, ist der Schatten auch schon wieder verschwunden.

»He!«, rufe ich und sause herum.

Ein paar Schritte von mir entfernt bemerke ich Luis, der langsam rückwärtsgeht und triumphierend mein Handy in die Höhe hält.

»Hol's dir doch!«, zischt Maltes Stimme an meinem Ohr.

Blitzschnell drehe ich mich zu ihm hin und versuche, nach ihm zu greifen, aber dummerweise ist auch er bereits zu weit davongehuscht, und zwar in die genau entgegengesetzte Richtung.

»Blödmann!«, fluche ich und wende mich wieder zu Luis um – der mittlerweile natürlich ebenfalls längst über alle Berge ist.

Ich denke an Blümchen und fluche gleich noch einmal. Wenn sie wüsste, dass ich mir gerade unser einziges Druckmittel gegen die beiden Jungs habe abnehmen lassen! Jetzt kann ich sie ja nicht einmal mehr anrufen und es ihr erzählen. Vielleicht wäre es sogar ein Anlass gewesen, unseren Streit zu begraben.

»Hallo, Lilly!«, höre ich plötzlich Yassis Stimme.

Sie schallt von der anderen Seite zu mir herüber. Ich drehe mich ein drittes Mal um und lasse meinen Blick die Ladenzeile entlanggleiten, kann Yassi aber nirgendwo entdecken.

»Hier oben!«, ruft sie. »Liiillyyy!«

Ich hebe den Kopf und da sehe ich sie. Zwei Stockwerke oberhalb des Schreibwarenladens ist ein Fenster geöffnet und Yassi winkt zu mir herunter.

»Was ist passiert?«, will sie wissen. »Warum hast du die Verbindung unterbrochen?«

»Hab ich gar nicht«, erwidere ich, während ich mich in Bewegung setze. »Willst du nicht kurz runterkommen?«, frage ich.

Ich habe nämlich keine Lust, das ganze Dilemma mit Luis und Malte quer über die Einkaufsstraße zu brüllen.

»Komm du lieber zu mir rauf!«, ruft Yassi zurück. »Der Eingang befindet sich links neben dem Schreibgeschäft.«

Ich nicke, denn ich habe ihn längst entdeckt. Schnell

laufe ich darauf zu und betrachte die Klingelschilder, auf denen fast nur ausländische Namen stehen. Der Summer ertönt und ich drücke die Tür auf. Aus dem Treppenhaus dringt mir ein süßlicher würziger Duft entgegen. – Fremd, aber nicht unangenehm.

Mein Herz klopft, als ich die vier Treppen bis in die dritte Etage hinaufgehe. Es ist das erste Mal, dass ich eine türkische Wohnung betrete.

Yassi kommt mir bereits entgegengelaufen.

»Ich freu mich ja so!«, sagt sie und küsst mich auf beide Wangen. »Das macht man so bei uns«, erklärt sie mir, fasst mich an der Hand und zieht mich über die Schwelle in einen Flur, dessen Wände mit großblumiger Tapete verkleidet sind. »Busra ist leider nicht daheim und meine Mutter und meine Tante müssen noch eine Weile im Imbiss arbeiten. Ich kann dir aber trotzdem einen Tee kochen.«

»Habt ihr keinen O-Saft?«, frage ich.

»Na klar.« Yassi grinst. »Oder Cola, wenn du magst.«

»Danke, aber Saft ist mir lieber«, erwidere ich und folge ihr neugierig den Flur entlang in eine helle Küche und anschließend am Wohnzimmer und mehreren geschlossenen Türen vorbei in ein ziemlich vollgestopftes Zimmer, in dem zwei Betten, zwei Regale, eine Frisierkommode, ein riesiger Kleiderschrank, ein Schreibtisch und ein mit Klamotten übersäter Sessel stehen.

»Hier wohnen Busra und ich«, erklärt Yassi mir stolz.

»Was? Du musst dir ein Zimmer mit deiner Schwester teilen?«, sage ich verwundert.

»Wieso nicht?«, gibt Yassi zurück. »Busra und ich haben einander sehr gern.«

»Obwohl du ein Kopftuch trägst und sie nicht?«, rutscht es mir heraus. Verschämt greife ich nach dem Glas, das Yassi mir hinhält.

»Das eine hat doch nichts mit dem anderen zu tun«, entgegnet sie, während sie die Saftflasche öffnet und unsere Gläser füllt.

»Nein«, sage ich. »Ich verstehe es nur nicht. Seid ihr denn nicht alle beide Moslems?«

»Doch.« Yassi kichert leise. »Bei einer Frau heißt es übrigens Muslimin. Und wir müssen auch kein Kopftuch tragen, falls du das denkst.«

»Manche aber schon, oder?«, hake ich nach.

»Stimmt«, erwidert Yassi freimütig. »Manche schon. Es kommt darauf an, wie streng man glaubt. In meiner Familie können wir das selber entscheiden.«

»Und warum hast du anders entschieden als deine Schwester?«, erkundige ich mich, nachdem ich einen Schluck Orangensaft getrunken habe.

»Weil ich mich so besser fühle«, ist ihre überraschende Antwort. »Ich mag es nicht, wenn die großen Jungs mich anstarren.«

»Tun sie das?«, frage ich erstaunt.

»Natürlich«, entgegnet Yassi. »Türkische Männer gehen sehr früh auf Brautschau. Sie gucken sich alle Mädchen an.«

»Aber dann ist es doch egal, ob du ein Kopftuch trägst oder nicht.«

Yassi schüttelt den Kopf. »Ist es eben nicht«, sagt sie. »Mädchen, die ein Kopftuch tragen, werden freundlicher behandelt und nicht so direkt angestarrt.«

»Hm«, mache ich. »Und Busra stört das nicht?«

»Nein, sie hat jetzt einen Freund, mit dem sie sich verloben will. Das sagt sie allen, die versuchen, mit ihr zu flirten.«

Ich trinke noch einen Schluck und mustere Yassi aufmerksam über den Rand meines Glases hinweg.

»Unterhaltet ihr euch über solche Sachen?«, frage ich sie.

»Klar.« Yassi zuckt die Achseln. »Wieso nicht? Wir sind doch Schwestern.«

»Das sind Jackie und ich auch«, entgegne ich seufzend. »Aber bei uns läuft das ganz anders ab. Meine Schwester redet so gut wie gar nicht mehr mit mir. Erst recht nicht über Jungs.«

»Komisch«, meint Yassi. »Türkische Schwestern halten immer zusammen.«

»Immer?«

Wieder zuckt sie die Achseln. »Na ja, fast. Aber jetzt erzähl mal, was gerade mit deinem Handy los war.«

»Zwei Jungs haben es mir weggenommen«, sage ich.

»Was?«, ruft Yassi empört. »Sie haben es dir geklaut?« Sie stellt ihr Glas auf der Frisierkommode ab und macht Anstalten, das Zimmer zu verlassen.

»Wo willst du denn hin?«, frage ich.

»Na, zur Polizei, natürlich. Du kannst dir doch nicht einfach dein Handy wegnehmen lassen.«

»Ich kenne die Jungs«, sage ich. »Sie heißen Luis und Malte und ärgern Blümchen und mich schon seit einer ganzen Weile. Früher oder später werden sie mir das Handy garantiert zurückgeben.«

Yassi dreht sich langsam zu mir um.

»Und das findest du okay?«

»Nein«, sage ich. »Es ist genauso wenig okay wie das, was die Pissnelken heute in der Schule gemacht haben.«

»Meinst du das mit den Kopftüchern?«

»Allerdings.«

Yassi sieht mich schweigend an. Es ist komisch, die ganze Zeit im Stehen miteinander zu reden, aber ich traue mich auch nicht, mich einfach auf eines der beiden Betten oder in den Sessel mit den ganzen Klamotten zu setzen.

»Weißt du, das ist nicht mal das Schlimmste«, sagt Yassi schließlich mit zitternder Stimme. »Kristina, Marie und ... Anna...?«

»...belle ...«

»Genau. Die haben keine Ahnung. Aber Fuat, Akin und Tarik ... die wissen genau, was sie tun.«

»Wieso? Was machen sie denn?«, platzt es aus mir heraus.

»Sie passen auf, dass mich keiner von den Jungs aus meiner Klasse anspricht«, erwidert Yassi. »Sie versuchen sogar zu verhindern, dass ich überhaupt mit jemandem rede, der kein Türke ist.«

»Und weshalb?«

»Damit ich nicht irgendwann genauso verdorben bin

wie meine Schwester«, erklärt sie mir wütend. »Die glauben nämlich, dass das nur passiert ist, weil wir keine Brüder haben.«

»Wieso?«, frage ich. »Was ist denn passiert?«

»Busras Freund heißt Martin«, erklärt sie mir. »Er ist ein Deutscher. Kein Moslem, verstehst du?«

Nicht wirklich. Jedenfalls ist mir völlig schleierhaft, was Fuat, Akin und Tarik damit zu tun haben.

»Akin ist der Sohn von Yenge Hatice«, sagt Yassi.

»Hä? Von wem?«

»Von der Frau, die mit dem Bruder meiner Mutter verheiratet ist«, erwidert Yassi. »Meine liebe Tante Hatice«, setzt sie hinzu und lässt einen Schwall türkischer Wörter auf mich nieder – und zwar in genau derselben Tonlage wie die der Frau mit dem Kopftuch, die ich eben im Imbiss angetroffen habe.

»Du kannst ihre Stimme nachmachen!«, rufe ich verblüfft.

»Nicht nur ihre«, sagt Yassi fast ein bisschen verlegen. »Aber das darfst du niemandem erzählen. Das wissen nämlich nur Busra und ich«, ergänzt sie, und nun hört sie sich haargenau wie Blümchen an.

»Aber das ist ja irre!«, stoße ich hervor. »Absolut genial!«

»Du darfst es bitte trotzdem niemandem erzählen«, fleht Yassi mich an. »Akin und seine Freunde machen mich fertig, wenn sie es erfahren. Sie finden, dass ein Mädchen so etwas nicht können sollte.«

Ich tippe mir an die Schläfe. »So ein Blödsinn!«

»Ganz deiner Meinung«, sagt Yassi. »Aber Tante Hatice ist ein bisschen komisch. Einerseits möchte sie traditionell sein, andererseits will sie überall dazugehören.«

»Also, ich fand sie eigentlich ganz nett«, entgegne ich. »Sie hat sofort kapiert, dass ich nach dir suche. Und sie hat deiner Mutter vorgeschlagen, mir deine Handynummer zu geben.«

»Ts«, macht Yassi. »Sie kann überhaupt kein Deutsch.«

»Da kannst du mal sehen, ich hab sie trotzdem verstanden«, gebe ich grinsend zurück.

Yassi lächelt ebenfalls. Doch dann guckt sie wieder ernst.

»Hast du noch Zeit?«, fragt sie und deutet auf das Bett mit einem orientalisch gemusterten Überwurf, das rechts vom Fenster steht. »Sollen wir uns einen Moment hinsetzen?«

»Gern«, sage ich. »Ich muss erst um halb sieben zum Abendbrot in der Rosenstraße sein.«

»Gut.«

Yassi schenkt uns noch etwas Orangensaft ein und stellt die Gläser dann auf den Nachttisch. Zögernd lasse ich mich am Fußende auf der Bettkante nieder und schaue mir die Wand darüber an, die zu Dreivierteln mit Flaschen- und Konservenetiketten beklebt ist.

»Meine Sammelleidenschaft«, sagt Yassi. »Am liebsten würde ich das ganze Zimmer so tapezieren, aber das erlaubt Busra nicht.«

»Sieht doch witzig aus«, erwidere ich. »Ich glaube, meiner Schwester würde das gefallen.«

Yassi nickt. Sie steht noch immer und schaut mich unschlüssig an.

»Was ist denn los?«, frage ich.

»Ich würde dir gerne etwas zeigen.«

»Okay ...?«

»Es hat mit der Schule zu tun«, sagt sie, öffnet ihren Rucksack und zieht das Lesebuch heraus.

»Auf Frau Schönerscheidts blöde Art darfst du nichts geben«, erkläre ich ihr. »Die hat die Pissnelken schon immer bevorzugt. In den Augen unserer Klassenlehrerin kann niemand Kristina, Marie und Annabelle das Wasser reichen.«

»Es hat nichts mit Frau Schönerscheidt zu tun«, sagt Yassi und reicht mir einen Zettel. »Der lag heute Morgen in meinem Lesebuch.«

Es ist eine abgerissene Seite aus einem Heft oder einem Kollegblock. *Yasmine-Kümmeltrine* steht darauf zu lesen und *Kanaken gehören in die 6a.* Unterschrieben ist das Ganze mit *F. A. T.*

»F. A. T.«, murmele ich. »Fuat, Akin und Tarik. – Diese Arschlöcher!«

Yassi schüttelt energisch den Kopf. »Die waren das nicht. Die sind zwar bescheuert, aber nicht blöd. Sie hätten niemals ihre Initialen daruntergesetzt.«

»Also muss es jemand gewesen sein, der den Verdacht auf sie lenken will«, überlege ich. »Einer aus unserer Klasse.«

»Ja«, sagt Yassi.

Plötzlich greift sie nach dem türkisfarbenen Tuch, das

ihr schmales Gesicht umrahmt, und zieht es sich langsam vom Kopf. Hübsche schwarzbraune Locken quellen darunter hervor.

Überrascht und bisschen gerührt starre ich sie an.

Eine Entscheidung mit schmerzhaften Folgen

Als ich mich um Viertel nach sechs auf den Heimweg mache, bin ich übervoll mit Yassi. Ihr Zimmer mit den Etiketten an der Wand, die Wohnung der Celiks, die vielleicht ein bisschen pompöser, ansonsten aber genauso eingerichtet ist, wie die meisten anderen Wohnungen auch, der süße Treppenhausduft, der gemeine Zettel von einem unserer Klassenkameraden, all das schwirrt völlig ungeordnet in meinem Kopf herum.

Nachdem Yassi ihr Tuch abgestreift hatte und ich sie so verwundert anstarrte, musste sie erst mal lachen.

»Jetzt guck nicht so!«, sagte sie kichernd. »Wie du siehst, bin ich ein ganz normales Mädchen.«

Das Verrückte ist: Eigentlich habe ich das nie bezweifelt, und trotzdem muss auch ich mir jetzt eingestehen, dass dieses Kopftuch mich irgendwie auf Abstand gehalten hat. Obwohl ich Yassi sofort nett fand und von Anfang an gerne mehr über sie erfahren hätte, habe ich mich nicht getraut, mich ihr gegenüber genauso zu verhalten, wie ich es sonst tue. Und das lag nicht nur an Blümchen, sondern zum Teil auch an mir selbst.

Jetzt ist mit einem Schlag alles ganz anders. Zu wissen,

wie Yassis Haar aussieht, ist wie ein Geheimnis, das ich mit ihr teile. Sie hat mich ins Vertrauen gezogen, hat mir erzählt, dass muslimische Mädchen, die sich für ein Kopftuch entscheiden, es meistens ab dem Einsetzen ihrer Periode tragen.

»Ich habe meine Regel zwar noch nicht«, erklärte sie freimütig. »Aber die Vorstellung, sie zu bekommen und genau in diesem Moment mit offenem Haar herumzulaufen, finde ich schrecklich. Es gibt nämlich durchaus Jungen, die total darauf achten, ob die Mädchen in ihrer Familie schon ihre Menstruation haben, weil sie dann noch besser auf ihre Schwestern und Cousinen aufpassen müssen. Dabei ist das völliger Quatsch. Ich zeige meine Haare sowieso nur denen, die ich gernhabe und von denen ich weiß, dass ich ihnen vertrauen kann.«

Dieser letzte Satz hallt den ganzen Abend bis zum Einschlafen noch in meinen Ohren. Ich weiß jetzt bis tief in mein Herz hinein, dass ich Yassi nicht im Stich lassen darf – und es auch nicht will. Oma Brille hat recht: Worte reichen nicht aus, um die Angst zu vertreiben. Man muss etwas tun. *Ich* muss etwas tun.

»Ich fahre heute nach der Schule nach Hause«, eröffne ich meiner Mutter beim Frühstück. »Und ich werde dann auch dort schlafen. Ist das okay?«

»Absolut«, erwidert meine Mutter und legt einen Briefumschlag neben meine Müslischale. »Die Entschuldigung für deine fehlenden Hausaufgaben.«

»Danke«, sage ich und schiebe den Umschlag in meinen Kollegblock. »Und morgen übernachte ich dann wieder hier bei dir.«

Das findet meine Mutter ebenfalls in Ordnung. Offenbar erwartet sie nicht mal eine Erklärung. Wahrscheinlich kann sie sich denken, dass ich nicht nur meinen Rucksack für die Schule umsortieren muss, sondern auch ein paar frische Klamotten brauche.

Ich habe ihr erzählt, dass ich bei den Celiks war, und auch das hat sie ohne Nachbohren oder irgendwelche Kommentare akzeptiert. Mehr noch, ich hatte sogar den Eindruck, dass sie es gut fand.

Die Sache mit dem Handy behalte ich jedoch vorläufig für mich. Ich rechne fest damit, dass Luis und Malte es mir zurückgeben, sobald sie sehen, dass ich kein peinliches Foto von ihnen darauf abgespeichert habe.

Yassi und ich haben uns vor dem Schreibwarenladen verabredet, um zusammen zur Schule zu fahren. Oder besser gesagt: Ich habe darauf bestanden, es so zu machen.

Natürlich lungern Akin, Fuat und Tarik ebenfalls dort herum und schauen immer wieder zu Yassi hin.

»Warum jagen deine Eltern sie nicht fort?«, frage ich, nachdem wir uns begrüßt haben.

»Weil es nichts nützt«, erwidert sie. »Papa hat schon einige Male mit Onkel Ilay und Tante Hatice gesprochen, aber die finden Akins Verhalten vollkommen in Ordnung. Er und seine Freunde tun mir ja nichts, sondern passen bloß auf, dass mir nichts zustößt. Und so verkehrt ist das ja eigentlich auch gar nicht«, fügt sie schulterzuckend hinzu.

»Nicht, solange sie dir nicht verbieten, befreundet zu sein, mit wem du willst«, gebe ich zurück und stelle befriedigt fest, dass die drei Jungs sich sofort trollen, als sie sehen, dass ich mich bei Yassi unterhake.

»Hast du deiner Freundin eigentlich erzählt, dass du gestern bei mir zu Hause gewesen bist?«, will Yassi wissen.

»Nein«, sage ich. »Blümchen und ich haben Sendepause.«

Yassi runzelt die Stirn. »Sendepause? Heißt das, ihr redet nicht mehr miteinander?«

»Genau das heißt es«, brumme ich.

»Aber doch wohl nicht meinetwegen?«, fragt Yassi bestürzt.

Anstatt ihr zu antworten, zucke ich nur die Achseln.

Inzwischen haben wir die U-Bahn-Station erreicht. Ich lasse Yassi los und wir betreten nacheinander die Rolltreppe. Schweigend fahren wir zu den Gleisen hinunter. Erst als wir nebeneinander in der Bahn sitzen, fängt Yassi wieder zu reden an.

»Ich könnte mir ihr sprechen«, schlägt sie vor.

Ich schüttele unwillig den Kopf. »Was willst du ihr denn sagen?«

»Na ja, dass ich nicht anders bin als Lena oder Ann-Kathrin oder eines der anderen Mädchen.«

»Du bist aber anders«, erwidere ich. »Nämlich viel netter als die meisten. Deswegen ist Blümchen ja auch so eifersüchtig. Das sagt zumindest meine Oma.«

»Sie denkt, dass ich dich ihr wegnehmen will?«, fragt Yassi außer sich. »Aber das würde ich doch niemals tun!«

»Darum geht es nicht«, sage ich. »Blümchen hat Angst, dass ich dich lieber mag als sie.«

»Tust du das denn?«, fragt Yassi geradeheraus.

»Nein ... also ...«, fange ich an zu stammeln. »Ich kenne sie ja schon viel länger als dich.«

»Klar«, meint Yassi. »Und genau das kannst du ihr doch sagen.«

»Ich fürchte, das wird sie nicht beeindrucken«, entgegne ich, und mit einem Mal fühlt sich alles in mir drin ganz dumpf und traurig an. »Meine Oma hat gesagt, dass man Angst mit Taten vertreiben muss. Das Blöde ist aber, dass ich nicht den Schimmer einer Ahnung habe, was ich tun soll, um meine beste Freundin davon zu überzeugen, dass sie immer noch meine beste Freundin ist und das auch sicher bleiben wird.«

Yassi legt ihre Hand auf meinen Arm und drückt ihn sanft.

»Dir wird schon was einfallen ... Und wenn du meine Hilfe brauchst, musst du es nur sagen. Okay?«

Es ist wirklich zu dumm, dass ich meine Wundersprücheersatzschachtel nicht dabeihabe. Wie gerne würde ich sie jetzt um Rat fragen! Zunächst einmal ist es nämlich Yassi selbst, die meine Hilfe benötigt. Wundersprüche hin oder her – ich bin fest entschlossen, den gemeinen Zettelschreiber zu entlarven.

»Und wie willst du das anstellen?«, fragt Yassi mich, als wir eine Viertelstunde später den Schulhof betreten.

»Ehrlich gesagt: Das weiß ich noch nicht«, erwidere ich ein wenig brummig. »Ich hoffe einfach, dass sich beim nächsten Mal eine günstige Gelegenheit ergibt.«

»Und was machen wir, wenn er es nicht noch einmal versucht?«, entgegnet Yassi.

Ich beantworte ihre Frage mit einem unwilligen Kopfschütteln. Solange dieser Zettelschreiber sich sicher fühlt, wird er weitermachen. Sein Ziel ist es, Yassi zu dissen, vielleicht sogar richtig zu mobben. Aber so weit dürfen wir es auf keinen Fall kommen lassen.

»Ich werde im Klassenraum bleiben und deinen Rucksack und deine Unterlagen im Auge behalten«, beschließe ich. »In der ersten, und wenn es sein muss, auch in der zweiten großen Pause.«

Ich würde es heute tun, morgen, übermorgen ... und wenn es bis zu den Sommerferien dauert, das ist mir völlig egal. Hauptsache, wir kriegen ihn. – Oder sie.

»Du bist verrückt«, sagt Yassi. »Und du musst das nicht tun. Mir genügt es völlig, dass du zu mir hältst.«

»Mir aber nicht«, gebe ich trotzig zurück.

Im selben Moment bemerke ich Blümchen, die gerade aus dem Fahrradunterstand herauskommt und kurz stehen bleibt, als sie uns entdeckt. Ein paar unendlich lange Sekunden starrt sie zu Yassi und mir herüber und mir stockt vor Aufregung der Atem. Schließlich hebe ich die Hand und winke ihr zu.

Da reißt Blümchen ihren Blick ruckartig von uns los,

wendet sich ab und läuft schnurstracks in Richtung Schulgebäude.

»Oje, oje, sie ist wirklich sauer auf dich«, sagt Yassi, macht hastig einen Schritt von mir weg und legt an Tempo zu.

»Und wenn schon«, brumme ich und schließe wieder zu ihr auf.

So gut ich Blümchens Verhalten einerseits verstehen kann, so albern kommt es mir andererseits vor. Es tut verdammt weh, das auszuhalten, aber eine andere Möglichkeit gibt es für mich nicht. Ich werde Blümchen nicht hinterherlaufen, wenn ich Yassi dafür stehen lassen muss. Das bringe ich einfach nicht übers Herz.

Mittwochs beginnt der Unterricht in unserer Klasse erst zur zweiten Stunde – mit einer Einzelstunde Religion, an der Yassi eigentlich gar nicht teilnehmen müsste. Ihre Tante Hatice hat es Akin sogar verboten, einen christlich ausgerichteten Unterricht zu besuchen, während Yassi das – genauso wie die Sache mit dem Kopftuch – frei entscheiden darf. Für ihre Eltern ist der Islam eine, aber nicht die einzige Religion, die es auf der Welt gibt.

Blümchen sitzt bereits, als Yassi und ich den Klassenraum betreten, und sie hat auch schon ihre Sachen ausgepackt und auf den Tisch gelegt.

»Hallo«, sage ich und gebe mir Mühe, möglichst normal zu klingen. Ich streife meinen Rucksack ab und krame ebenfalls meinen Kollegblock hervor.

Blümchen tut so, als hätte sie mich nicht bemerkt, und blättert mit angestrengter Miene in ihrem Religionsbuch herum.

»Hatten wir was auf?«, frage ich, obwohl ich genau weiß, dass Herr Rosenstock nur höchst selten Hausaufgaben erteilt.

Meine Freundin reagiert noch immer nicht.

Ich sehe sie von der Seite an, registriere, wie sie ihre Lippen zusammenpresst und ihre Kiefermuskeln mahlen, als müsse sie auf etwas schwer Verdaulichem herumkauen, und auf einmal packt mich die Wut.

»Du hast überhaupt keinen Grund, so störrisch zu sein!«, fahre ich sie an.

Blümchen antwortet nicht. Sie sitzt einfach nur da, und ich spüre regelrecht, dass sie kurz davor ist zu explodieren.

Plötzlich springt sie auf, rafft ihr Buch, ihre Federtasche und ihren Rucksack zusammen und rennt mit schnellen, steifen Schritten quer durch den Klassenraum zu Yassi hinüber. Wutschnaubend knallt Blümchen den Rucksack zwischen ihr und Ole auf den Tisch und baut sich mit vor der Brust verschränkten Armen hinter den beiden auf.

»Hast du 'ne Meise, oder was?«, quiekt Ole erschrocken, doch wie es aussieht, antwortet Blümchen auch ihm nicht.

Niklas, Lena, Björn-Dakota und alle, die in ihrer Nähe sitzen, glotzen sie mit großen Augen an.

Ein paar endlos lange Sekunden verstreichen, bis Yassi

sich endlich erhebt. Mit zitternden Fingen nimmt auch sie ihr Buch und ihre Stiftemappe und erhebt sich langsam von ihrem Stuhl.

Ich sehe, dass sie etwas zu Blümchen sagt, doch die blickt stur in eine andere Richtung und wartet, bis Yassi ihren Rucksack unter dem Tisch hervorgeholt und sich verzogen hat.

»Was hast du zu ihr gesagt?«, frage ich leise, nachdem Yassi sich neben mir niedergelassen hat.

Nicht nur ihre Hände zittern, sondern ihr ganzer Körper.

»Bloß, dass es mir leidtut«, antwortet sie tonlos. »Und dass es anders ist, als es aussieht.«

»Aber das stimmt doch gar nicht«, raune ich. »Es ist genau so, wie es aussieht. Und es muss dir, verdammt noch mal, auch nicht leidtun. Wenn hier jemand spinnt, dann ist es Blümchen und nicht du. Kapiert?«

Ich höre mich reden, und mir wird angst und bange von meinen eigenen Worten. Niemals, in meinem ganzen Leben nicht, hätte ich gedacht, dass es mit Blümchen und mir mal so weit kommen würde.

Und jetzt stehe ich da vor einem riesigen Scherbenhaufen und weiß nicht, wie ich ihn wieder kitten soll.

Die Religionsstunde bei Herrn Rosenstock ist wie immer stinklangweilig. Meistens sprechen wir über Dinge, die nichts mit dem richtigen Leben zu tun haben. Wenn es nach unserem Religionslehrer ginge, müssten wir Menschen einfach relativ hirnlos in der Gegend herumlaufen und unser Schicksal klaglos annehmen.

Heute erzählt er uns, dass er alle Religionen total toll findet, weil sie im Grunde alle friedlich ausgerichtet seien und zu Respekt und Miteinander aufriefen. Man müsse ihnen nur folgen und schon sei alles gut. Und dabei schaut er immer wieder zu Yassi hin.

In dieser Stunde ist mir mindestens dreimal danach, aufzuspringen und Herrn Rosenstock anzubrüllen, dass ich keine Lust habe, mir diesen ganzen Schmonzes noch weiter anzuhören, aber dann wirft Niklas ein, dass die Leute in der Bibel sich schließlich auch alle gekloppt hätten, und schon kommt doch noch eine einigermaßen interessante Diskussion zustande, an dessen Ende Herr Rosenstock uns allesamt genervt aus dem Klassenraum jagt und die Tür hinter uns abschließt. Die erste Pause fällt zum Zettelschreiber-Überführen also leider schon mal flach.

Yassi und ich laufen nach unten und schlagen den Weg zu den Toiletten ein. Unterwegs rennen die Pissnelken laut quiekend an uns vorbei und fragen mich, ob ich jetzt auch eine Muslimistin sei.

»Ihr seid so bescheuert!«, fauche ich sie an. »Erstens heißt das Muslimin, und zweitens kapiert ihr sowieso nichts, weil ihr anstelle eines Gehirns nur Apfelmus im Kopf habt.«

»Hahaha, das würde ich ja wohl wissen«, feixt Annabelle.

»Wieso?«, frage ich und trete ganz dicht an sie heran.

»Kann man bei dir etwa durch die Nasenlöcher ins Schädelinnere gucken?«

»Tsäh!«, macht Kristina und guckt mich herausfordernd an. »So hohl ist Bella ja nun auch wieder nicht.«

»Aber fast«, gebe ich grinsend zurück, und Yassi drückt mir kichernd ihren Ellenbogen in die Seite.

»Was quatschst du denn da rum?«, faucht Annabelle Kristina an.

»Genau«, knurrt Marie. »Du bist ja wohl nicht ganz dicht«, fügt sie hinzu und tippt sich an die Stirn.

»Klopf mal lieber nicht zu doll«, empfehle ich ihr. »Sonst läuft das Apfelmus aus.«

Doch die Pissnelken sind so sehr damit beschäftigt, aufeinander loszugehen, dass sie meinen Kommentar gar nicht mehr gehört haben und Yassi und ich unbehelligt weitergehen können.

Als wir am Ende der Pause in den Klassenraum zurückkehren, ist Herr Unwecht schon da. Auch Blümchen sitzt bereits auf ihrem neuen Platz zwischen Bent und Ole und unterhält sich angeregt mit den beiden Jungs.

Björn-Dakota verrenkt sich fast den Hals, um zu ihr hinzugucken.

Idiot, denke ich. Du magst sie ja doch noch. Womöglich wollte er nur mit mir zusammen sein, weil er gehofft hat, auf diese Weise leichter an Blümchen heranzukommen.

Die Pissnelken stolzieren als Letzte herein, alle drei mit hoch erhobenen Köpfen und ganz offensichtlich noch immer zerstritten. – Wer hätte das gedacht! Blümchen würde austicken vor Vergnügen, wenn sie wüsste, dass ich das – wenn auch unabsichtlich – angezettelt habe. Mittlerweile befürchte ich jedoch, dass sie es nie erfahren wird, denn sie beachtet mich noch immer mit keiner Miene. Je deutlicher ich zeige, dass ich mit Yassi befreundet bin, desto unversöhnlicher verhält sich Blümchen ... und umso trauriger werde ich.

Auf den Schlag des zweiten Gongs genau beginnt Herr Unwecht mit dem Unterricht. Als Erstes müssen Björn-Dakota und Jannik ihre Sonderaufgaben von letzten Donnerstag vorzeigen, mit dem Resultat, dass beide sie noch ein zweites Mal aufgebrummt bekommen, weil sie sie nach Ansicht unseres Mathelehrers nicht mit »erforderlichem Ernst und gewünschter Sorgfalt« erledigt haben.

Natürlich gibt es lautstarken Protest seitens der beiden Jungs, den Mister Ungerecht jedoch im Keim erstickt, indem er – eine Woche vor den Ferien! – ein neues Thema, nämlich das Multiplizieren von Brüchen, anfängt und nun Lena, Marie, Bent und ein paar andere BD und Jannik zur Ruhe mahnen, weil sie befürchten, sonst nichts mitzubekommen.

Ich übertrage alles, was Herr Unwecht an die Tafel schreibt, in mein Kollegheft und linse ständig auf meine Armbanduhr, weil ich die nächste große Pause kaum erwarten kann.

Selten hat sich eine Doppelstunde dermaßen in die Länge gezogen wie diese, und als der Gong endlich ertönt, fahre ich erschrocken zusammen, weil ich beinahe gar nicht mehr damit gerechnet habe, dass der Unterricht jemals enden würde.

Schlagartig schnellt mein Puls in die Höhe. Meine Wangen fangen an zu glühen, und ich habe das Gefühl, dass jeder mir ansehen kann, dass ich etwas Ungewöhnliches plane.

»Geh du schon mal auf den Schulhof runter und lass dich von der F.A.T. bewachen«, wispere ich Yassi zu und beginne, ausgiebig in meinem Rucksack zu kramen.

»Vergiss es«, wispert sie zurück. »Es hat keinen Sinn, hier oben zu bleiben. Derjenige, der mir einen Zettel unterschieben will, wird warten, bis jeder die Klasse verlassen hat, bevor er es noch mal versucht. Auf dich wird er jetzt wahrscheinlich sogar besonders achten.«

Verdammt! Da hat sie recht.

»Dann mache ich es eben anders«, erwidere ich. »Hauptsache, Herr Unwecht schließt nicht ab. Vertrau mir!«, beschwöre ich Yassi. »Ich krieg das schon hin.«

Aus den Augenwinkeln beobachte ich, wie einer nach dem anderen auf den Gang hinausspaziert. Endlich nimmt auch unser Mathelehrer seine Tasche, steuert auf die Tür zu – und verschwindet! Juhuuu! Die größte Hürde wäre also genommen.

»Geh doch schon mal vor«, sage ich jetzt so laut zu Yassi, dass es jeder hören kann. »Wir treffen uns dann vor dem Kiosk.«

»Okay, bis gleich«, erwidert sie, schnappt sich ihre Banane und verlässt ebenfalls das Klassenzimmer.

Außer mir sind jetzt nur noch Lena, Bent, Niklas und Blümchen im Raum.

Ich krame noch eine Weile in meinem Rucksack und tue so, als ob ich etwas suchen würde. Schließlich ziehe ich das Geschichtsbuch, den Spindschlüssel und meine Brotdose hervor und marschiere ebenfalls hinaus.

In normaler Geschwindigkeit laufe ich den Gang entlang bis zu den Spinden, die circa zwanzig Meter von unserer Klasse entfernt sind. Ich fädele den Schlüssel ein, öffne mein Fach und lege das Geschichtsbuch und die Brotdose hinein. Durch die Schlitze in der Metalltür behalte ich den Eingang zu unserem Klassenzimmer weiterhin im Auge.

Es vergehen fast zwei Minuten, bis Bent und Niklas herauskommen, und noch mal mindestens eine, ehe Lena erscheint. Leise summend schlendert sie an mir vorbei.

Jetzt fehlt nur noch Blümchen.

»Na, mach schon«, murmele ich.

Ich warte ... und warte ... und warte, aber Blümchen taucht einfach nicht auf.

Herrje! Es kann doch nicht sein, dass ausgerechnet sie mir hierbei einen Strich durch die Rechnung macht.

Wieder werfe ich alle paar Sekunden einen Blick auf meine Uhr, und mit jedem Mal steigt meine Unruhe, bis sie schließlich, kurz vor dem ersten Klingeln, in blanker Wut gipfelt.

Zornentbrannt knalle ich die Spindtür zu, stopfe den Schlüssel in meine Hosentasche und stapfe zum Klassenraum zurück. Erst als ich meinen Fuß über die Schwelle gesetzt habe und Blümchen über ein Buch gebeugt auf ihrem Platz hocken sehe, wird mir klar, dass es völlig unsinnig wäre, sie jetzt anzugiften. Schließlich hat sie nicht die geringste Ahnung, mit welchen Gemeinheiten Yassi zu kämpfen hat, und kann daher auch nicht wissen, was hier in dieser Pause eigentlich ablaufen sollte.

Ohnehin scheint sie so sehr in ihr Buch vertieft zu sein, dass sie weder mich noch die Pissnelken zu bemerken scheint, die wenige Sekunden nach mir in den Klassenraum stolzieren und sich offensichtlich noch immer nicht wieder versöhnt haben.

»Stell dir vor, die reden kein Wort miteinander«, bestätigt Yassi, als sie sich kurz darauf neben mich setzt, »hängen aber die ganze Zeit zusammen, als hätte man sie auf eine Schnur gefädelt. Und?«, fragt sie dann mit etwas wackeliger Stimme. »Bist du erfolgreich gewesen?«

»Nein.« Ich schüttele den Kopf. »Leider nicht.«

»Macht doch nix«, meint Yassi tröstend. »Bestimmt war das sowieso nur eine einmalige Sache.«

Ja, inzwischen hoffe ich das auch.

Plötzlich fällt mir ein, dass ich mein Geschichtsbuch im Spind vergessen habe.

»Auch nicht weiter schlimm«, findet Yassi. »Dann gucken wir eben zusammen in meins.«

Sie verschwindet unter dem Tisch, um es aus ihrem Rucksack zu holen. Als sie wieder auftaucht, ist sie ganz blass im Gesicht. Wortlos legt sie das Buch und einen Zettel auf den Tisch.

Was willst du hier bei uns, du Knoblauchfresserin? gezeichnet die F.A.T. lese ich und habe das Gefühl, jeden Augenblick ohnmächtig zu werden.

Diesmal hat Blümchen sich nicht einmal die Mühe gemacht, den Zettel zusammenzufalten.

Wunderspruchnotfallalarm

Ich schaffe es einfach nicht, Yassi zu sagen, dass Blümchen die Zettel geschrieben hat. Stattdessen versuche ich, mich damit herauszureden, dass ich unserem Klassenraum auf meinem Weg zu den Spindschränken wahrscheinlich zu lange den Rücken gekehrt habe und der Übeltäter diese Zeit offenbar für sich nutzen konnte.

Nie im Leben hätte ich gedacht, dass meine beste Freundin zu einer solchen Gemeinheit fähig ist. Ich bin völlig am Boden zerstört und habe alle Mühe, mir das nicht anmerken zu lassen und die letzten beiden Unterrichtsstunden irgendwie zu überstehen.

Es ist keine Wut mehr, die ich Blümchen gegenüber empfinde, sondern pure Enttäuschung. Ich bringe es nicht über mich, sie noch ein einziges Mal anzusehen, weil ich befürchte, dann sofort in Tränen auszubrechen.

Auf jeden Fall bin ich heilfroh, dass ich heute Morgen bereits entschieden habe, gleich nach Schulschluss in die Rittholmstraße zu fahren. So muss ich Yassi nicht begleiten und kann auch Blümchen aus dem Weg gehen, die ja mit dem Fahrrad zur Schule gekommen ist.

Ich trabe im Laufschritt zur U-Bahn-Station, was mein Gedankenkarussell aber leider nicht zum Stillstand bringt. Dreh nicht durch, Lilly, sage ich mir wieder und immer wieder. Es wird sich alles klären und du wirst eine Lösung finden. Dass ich irgendwann mit Blümchen reden muss, steht außer Frage, und dass sie ab sofort wahrscheinlich nie mehr meine Freundin sein kann, auch. Im Moment weiß ich bloß noch nicht, wie ich das mit der Enttäuschung geregelt kriegen soll.

Zu Hause empfängt mich die Musik von Linkin Park, die in einigermaßen annehmbarer Lautstärke unter Jackies Türschlitz hervordröhnt, und eine Nachricht von meinem Vater auf der Küchenanrichte.

BIN MIT PHILIPP BEIM FRISEUR. GEMÜSESUPPE STEHT AUF DEM HERD.
BIS SPÄTER, PAPA

Suppe im Hochsommer – toll! Wie gut, dass ich eh keinen Hunger habe. Erleichtert darüber, dass ich im Moment auch hier niemandem Rede und Antwort stehen muss, verziehe ich mich in mein Zimmer, hänge das *Bitte nicht stören*-Schild an die Tür und drehe den Schlüssel herum. Ich lasse den Rucksack fallen, schmeiße mich auf mein Bett und fange an zu heulen.

Das Gesicht tief ins Kopfkissen vergraben, zieht noch einmal alles an mir vorüber, was ich mit Blümchen erlebt habe. Ich höre ihr Lachen, sehe das Blitzen in ihren Augen und bilde mir sogar ein, ihren warmen Arm in meinem Nacken zu spüren. Es will mir partout nicht in den Kopf, dass sie Yassi diese schrecklichen Botschaften in die Bücher gelegt hat. Eifersucht hin oder her, so etwas passt einfach nicht zu Blümchen.

Und mit einem Mal wird mir klar, dass ich nicht zu ihr hingehen und ihr meinen Verdacht (und viel mehr ist es im Grunde ja nicht) ins Gesicht sagen kann. Gesetzt den Fall, sie ist es doch nicht gewesen, wird sie mir ganz bestimmt niemals verzeihen, dass ich ihr eine solche Gemeinheit überhaupt zugetraut habe.

Nein, das Einzige, was mir jetzt noch helfen kann – helfen muss! –, ist ein Spruch aus meiner Wundersprüchebox. Es herrscht sozusagen akuter Wunderspruchboxnotfallalarm.

Entschlossen richte ich mich auf und wische mir mit dem Handrücken die Tränen aus dem Gesicht. Ich beuge mich über die Bettkante und angele die Box hervor. Während ich den Deckel abhebe, überlege ich, welche Frage ich am besten stellen soll. *Wie kann ich Yassi helfen?* oder *Wie finde ich sicher heraus, ob Blümchen die Zettel geschrieben hat?* oder *Was kann ich tun, damit mit meiner ehemals besten Freundin alles wieder gut wird?*

Leise seufzend schüttele ich den Kopf. All das trifft es nicht. Was ich mir am allerallermeisten wünsche, ist doch, dass Yassi und Blümchen sich verstehen.

»Wie können Yassi, Blümchen und ich zu dritt die besten Freundinnen sein?«, flüstere ich also feierlich.

Mit geschlossenen Augen lasse ich meine Finger durch die Sprüchezettel gleiten – und fasse zu.

Das Herz klopft mir bis zum Hals hinauf, als ich die Augen wieder öffne und den Zettel auseinanderfalte.

Fassungslos starre ich auf die schicksalsschwere Botschaft.

Ein Pickel kommt selten allein

Geschlagene fünf Minuten sitze ich einfach nur da und starre auf den Zettel. Weitere drei Minuten mache ich Kopfstand an der Wand, um mein Gehirn besser zu durchbluten, danach fange ich an, mich dafür zu verfluchen, dass ich diesen dämlichen Spruch vor ein paar Tagen überhaupt in meine Sammlung aufgenommen habe.

Eine halbe Stunde später trifft mich dann so etwas wie ein Blitzschlag, und in einem einzigen Sekundenbruchteil wird mir klar, dass dies der wahrscheinlich beste Spruch meines bisherigen Lebens war. Ein echter Glückstreffer!

Der Plan ist schnell geschmiedet und mit jedem Detail steigt meine Laune rapide an. Das Einzige, was ich jetzt noch brauche, ist ein bisschen Geduld und das Einverständnis von Frau Traube-Bömmelein.

Wie sich gleich am nächsten Tag herausstellt, ist der eigentliche Hemmschuh nicht meine Schulleiterin, sondern Yassi. Frau Traube-Bömmelein findet lediglich den Zeitplan etwas eng.

»Aber das ist ja nicht mein Problem«, sagt sie, als ich sie in der zweiten großen Pause um Erlaubnis für mein Vorhaben bitte. »Meinen Segen habt ihr jedenfalls.«

»Ich glaube nicht, dass meine Eltern da mitmachen«, erklärt mir dagegen Yassi auf dem Heimweg, nachdem ich sie in meine Pläne eingeweiht habe.

»Das müssen sie ja auch nicht«, erwidere ich. »Zumindest nicht direkt.«

»Bestimmt denken alle, dass wir uns nur einschleimen und Werbung für den Imbiss machen wollen«, wendet sie als Nächstes ein.

»Ja, klar«, sage ich. »So, wie es mir in Wahrheit nur darum geht, Oma Brilles Kartoffelsalat anzupreisen.«

Darauf weiß Yassi nichts mehr zu sagen, und mir ist ohnehin klar, dass ihre Argumente nur ein Vorwand sind. In Wahrheit hat sie nämlich bloß Angst vor der eigenen Courage.

»Es wird schon schiefgehen«, rede ich ihr gut zu, schlinge meinen Arm um ihren Nacken und drücke sie ermunternd an mich. »Vielleicht kriegen wir nie raus, wer für diese dummen Zettel verantwortlich ist, aber das ist am Ende auch völlig egal – vorausgesetzt, die Aktion wird ein Erfolg.«

»Eben«, brummt Yassi.

»Wenn du jetzt kneifst, wird nichts besser, sondern alles nur noch schlimmer werden«, prophezeie ich ihr.

Ich sage das nicht gern, weil es sich ein bisschen wie Erpressung anhört. Aber ich bin felsenfest überzeugt von meiner Idee. Und es wäre wirklich jammerschade, wenn jetzt ausgerechnet Yassi – die heimliche Hauptperson – sich wie ein geprügelter Hund benimmt und den Schwanz einzieht.

»Du bist viel mutiger, als du glaubst«, sage ich eindringlich. »Außerdem bist du nicht allein.«

»Ich weiß«, krächzt sie, und im nächsten Moment baumelt sie mir um den Hals. »Danke, Lilly. Ich danke dir so sehr!«

»Schon gut«, murmele ich in das pinkfarbene Kopftuch, das sie heute trägt. »Jetzt kommt es nur noch auf dich an.«

»Okay.« Yassi nickt in meine Halsbeuge. »Ich versuch's ... Ich mach's.«

Am liebsten würde ich lauthals losjubeln, aber noch ist die letzte Hürde nicht genommen. »Sprich zuerst mit deiner Schwester«, schlage ich vor. »Sie wird dich bestimmt unterstützen.«

»Ja.« Yassi löst sich von mir und schaut mich selig an. »Das ist ein guter Plan. Und versprich mir: Du musst ganz fest die Daumen drücken.«

Selten habe ich etwas lieber getan als das!

Wie erwartet entlässt Oma Brille sich am Freitagvormittag selbst aus der Theresienklinik. Mama holt sie dort ab, und die beiden fahren mit dem Taxi in die Rosenstraße, wo meine Mutter noch das ganze Wochenende über bleiben will.

Ich verbringe Freitag und Samstag in der Rittholmstraße, räume mein Zimmer wieder mal so richtig auf und erledige alle meine Hausaufgaben.

Es fällt mir verdammt schwer, nicht an Blümchen zu denken, aber immer, wenn sie sich in meinen Kopf schleicht, schiebe ich sie energisch beiseite und versuche, mich mit ganzer Kraft auf den letzten Schultag vor den Ferien zu konzentrieren.

Am Sonntagnachmittag fahre auch ich wieder nach Wittenfeld raus und erzähle Mama und Oma Brille von Yassis und meinem Plan. Beide sind total begeistert. Meine Großmutter sichert mir eine große Schüssel Kartoffelsalat zu, und sogar Mama verspricht, ein paar »typisch deutsche Häppchen« beizusteuern.

Oma Brille, die im Übrigen nach wie vor ihr knallrotes Gestell trägt, ist kaum anzumerken, dass sie gerade eine Blinddarmoperation hinter sich hat. Sie flitzt durch ihr Haus und ihren Garten wie eh und je und der arme alte Herr Semmelfein hechelt ihr die ganze Zeit hinterher.

»Hast du etwa eine neue Lieblingsbrille?«, foppt Mama sie ein ums andere Mal, doch meine Großmutter wäre nicht meine Großmutter, wenn sie sich davon provozieren lassen würde, sondern tut einfach so, als hätte sie es gar nicht gehört.

Ein ganz ähnliches Spiel, nur sehr viel ernster, läuft zwischen Blümchen und mir ab. Drei Schultage vergehen, ohne dass sie mich in irgendeiner Weise beachtet. Ein einziges Mal nur, als ich während des Englischunterrichts versehentlich zu ihr rübersehe, treffen sich unsere Blicke. Wie ertappt schaut Blümchen hastig woandershin, ich jedoch zwinge mich, sie weiter anzugucken, mit dem Ergebnis, dass sie in der anschließenden Pause so ausgelassen mit Lena und Ann-Kathrin herumalbert, als wären die beiden schon immer ihre besten Freundinnen gewesen.

Während die Pissnelken sich längst wieder zusammengerauft haben und seither noch pattexmäßiger aneinanderkleben, sieht es im Moment leider so aus, als ob es mit Blümchen und mir nie wieder gut werden würde. Das einzig Positive ist, dass Fuat, Akin und Tarik ihre Belagerung aufgegeben haben und auch keine blöden Zettelbotschaften mehr in Yassis Büchern landen. Insofern bin ich ziemlich guter Dinge, dass wir mit unserer Aktion zumindest einen Teilerfolg erzielen können.

Yassi hat inzwischen die Erlaubnis ihrer Eltern bekommen, und Busra bietet sogar an, uns zu helfen, was wir dankbar annehmen und mich dazu hinreißen lässt, auch Jackie um Unterstützung zu bitten. – Was für eine Schnapsidee aber auch!

»Für einen solchen Kinderkram habe ich nun echt keine Zeit«, knallt sie mir an den Kopf. »Ich muss mich auf das Konzert vorbereiten.«

Schon klar – auf ein Konzert, das in ungefähr zwei Wochen stattfindet!

Obwohl ich damit gerechnet habe, dass ich mir eine Abfuhr einhandeln würde, verletzt mich Jackies Reaktion total. Wie es aussieht, interessiert sie sich tatsächlich nicht die Bohne für mich und meine Probleme. Und ich dumme Kuh wollte Schicksal spielen und ihren geliebten Jonas für sie erobern. – Ha! Einen Teufel werde ich tun! Wenn ich in den letzten zwei Wochen etwas gelernt habe, dann ist es zu erkennen, wo sich mein Einsatz lohnt und wo nicht. Okay, Blümchen gehört im Augenblick wohl ebenfalls eher in die zweite Kategorie, aber bei ihr kann und will ich die Hoffnung noch nicht aufgeben. Allein bei der Vorstellung, dass ich sie die ganzen Sommerferien über nicht zu Gesicht bekomme und wir uns womöglich schon deswegen am Ende wirklich aus den Augen verlieren, könnte ich losheulen.

»Alles wird gut«, rede ich mir am Donnerstagabend ein, nachdem ich mein Buch zur Seite gelegt und das Licht gelöscht habe. »In diesem speziellen Fall ist Blümchen nämlich auch nur ein Pickel.«

Und ich müsste mich schon sehr irren, wenn meine ehemals-und-bitte-immer-noch-beste Freundin sich von Yassis besonderem Talent überhaupt nicht beeindrucken ließe.

Keine Ahnung, wie viele Stunden ich in dieser Nacht geschlafen habe. Als ich Freitagmorgen kurz vor dem Weckerklingeln wach werde, fühle ich mich jedenfalls, als hätte man mich mehrmals durch einen Fleischwolf gedreht.

Ich schleppe mich ins Bad und putze mir im Zeitlupentempo die Zähne. Nach dem Duschen fühle ich mich bereits ein bisschen fitter, und zehn Minuten später ist die Aufregung, die mich die letzten Tage begleitet und sich von Stunde zu Stunde gesteigert hat, wieder da. Sie setzt sich in meinem Bauch fest und ballt meinen Magen zu einem dicken, harten Klumpen zusammen, sodass ich von meinem Frühstücksmüsli nicht eine einzige Haferflocke herunterbekomme.

Zum Glück zwingt Papa mich nicht, etwas zu essen. Und während Philipp selig drei Haselnüsse aus meiner Schale fischt, sie leise flüsternd Sebastian Vettel, Lewis Hamilton und Fernando Alonso nennt und unauffällig in seiner Hosentasche verschwinden lässt, schleicht Jackie von Kopf bis Fuß in Schwarz gehüllt und mit schwarz gefärbten Haaren um den Tisch herum und sagt sich selbst das mieseste Zeugnis aller Zeiten voraus.

»Aber wenn ihr mir deswegen das Konzert verbietet, bringe ich mich um«, erklärt sie meinem Vater, der das Gesamtkunstwerk ihrer dunklen Prophezeiung mit einem lapidaren »So schlimm wird's schon nicht werden« abtut und an mich gerichtet fortfährt: »Mama ist übrigens bereits vor einer halben Stunde zu Oma Brille gefahren, um den Kartoffelsalat abzuholen und den ganzen Kram in die Schule zu bringen. Yasemin, Busra und du habt dann mehr als genug Zeit, alles aufzubauen. Ich bin sicher, es wird ganz wunderbar klappen«, versichert er mir und tätschelt mir liebevoll die Schultern.

»Ts!« Jackie stemmt die Hände in ihre Taille und bedenkt Papa mit einem giftigen Blick. »Ich wünschte, du würdest dich ausnahmsweise auch mal für meine Sorgen interessieren.«

»Tu ich das nicht?«, erwidert er und schaut meine Schwester stirnrunzelnd an. »Oh!«, ruft er dann. »Du hast eine neue Haarfarbe! Sehr hübsch! Dieses Ebenholz steht dir wirklich ausgesprochen gut.« Er greift in die Obstschale und reicht ihr einen Apfel. »Hoffentlich ist er nicht vergiftet.«

»Hauptsache, Jackie kriegt einen Glassarg«, bemerkt Philipp breit grinsend. »Dann kann sie das Konzert nämlich trotzdem angucken.«

»Aber nicht anhören«, sage ich leise und zwinkere ihr zu.

»Ts!«, macht Jackie noch einmal, wirbelt herum und rauscht davon.

»Die hat doch 'n Knall!«, diagnostiziert Philipp, nachdem Jackie ihre Zimmertür laut krachend zugedonnert hat, und leert seelenruhig seinen Kakao.

Finde ich auch! Mittlerweile verstehe ich selbst nicht mehr, wieso ich ihr die ganze Zeit so bescheuert hinterhergelaufen bin. Dass Mama sich für sie, Oma Brille und mich gerade die Beine ausreißt, scheint sie überhaupt nicht zu kapieren. Ich habe es inzwischen – zum Glück – begriffen und das ist ein unglaublich schönes Gefühl.

Danke, Mama, denke ich ganz fest zu ihr hin.

Ein riesiger Schwall Zärtlichkeit erfüllt mein Herz und mit einem Mal ist die ganze Aufregung – beinahe – wie weggeblasen.

Yassis Talent

Ich nehme eine U-Bahn später als üblich, denn offiziell werden Yassi und ich nicht zum Unterricht und auch nicht zur Zeugnisausgabe erscheinen. Netterweise hat Frau Traube-Bömmelein alles haarklein mit Frau Schönerscheidt besprochen, sodass wir seitens unserer Klassenlehrerin kein Donnerwetter zu erwarten haben.

»Garantiert ärgert sie sich, dass die Pissnelken nicht auf diese Idee gekommen sind«, sage ich zu Yassi, während wir die Tüten entgegennehmen, die ihre Schwester uns anreicht.

Busra und Yassi sind mit dem Kleinbus der Celiks zur Schule gekommen. Der hat eine eingebaute Kühlkiste, in der sich die Sachen bei diesen anhaltend heißen Sommertemperaturen wunderbar transportieren lassen.

»Die Pissnelken?«, fragt Busra stirnrunzelnd. »Wer ist das?«

Sie schließt die Ladetüren und verriegelt den Wagen.

»Drei Mädchen aus unserer Klasse, die immer die gleichen Klamotten tragen, ziemlich eingebildet und nicht gerade nett sind«, sage ich. »Sie haben Yassi geärgert.«

»Oh, die Geschichte mit den Kopftüchern!« Busra

nickt. »Das war wirklich nicht besonders freundlich. Aber weißt du, Lilly, die machen das doch nur, weil sie unsicher sind und ihnen alles, was ihnen fremd ist, Unbehagen bereitet.«

Schon möglich, für mich allerdings noch lange kein Grund, sich darüber lustig zu machen oder Yassi sogar zu mobben. Prompt muss ich an die fiesen Zettel in ihren Büchern denken und schon ziehen sich mir die Eingeweide zusammen. Ich umklammere die beiden Tüten in meinen Händen mit festem Griff und atme einmal tief durch. Heute will ich keinen Zorn in mir haben. Im Gegenteil: An diesem Vormittag werde ich sogar die Pissnelken wie ganz normale Menschen behandeln.

Wir warten, bis alle Schüler die Eingangshalle verlassen haben, dann erst öffnen wir die Glastür.

Herr Böhmer, einer der beiden Hausmeister, steht schon bereit, um uns mit den Tischen zu helfen, die für besondere Anlässe eine Treppe weiter unten in einem Kellerraum aufbewahrt werden.

»Sechs dürften genügen«, meint Busra. »Vier in der Länge und zwei in der Breite.«

Es ist eine ziemliche Schlepperei und nimmt gut zwanzig Minuten in Anspruch, aber als die Tische schließlich stehen und die hübschen orientalischen Tücher darübergedeckt sind, ergreift mich so richtig das Fieber.

Herr Böhmer verzieht sich wieder in sein Hausmeisterkabuff, und Yassi, Busra und ich beginnen damit, die vielen Köstlichkeiten auszupacken und auf große Teller und Tabletts zu verteilen: Falafel, mit Schafskäse gefüllte

Tomaten, Lauchstrudel, Hefegebäck, Oliven, Fladenbrot mit verschiedenen Dips, und für alle, die es gern besonders süß mögen: Halva.

»Müsste deine Mutter nicht eigentlich auch längst hier sein?«, fragt Yassi, als wir fast fertig sind, und deutet auf die Stelle, die wir für die typisch deutschen Spezialitäten frei gelassen haben.

Ich werfe einen Blick auf die Uhr und nicke. Mittlerweile ist es kurz vor halb zehn. Komisch, durchzuckt es mich. Wenn ich meinen Vater richtig verstanden habe, ist Mama heute Morgen extra früh losgefahren, um unsere Sachen hierherzubringen, bevor sie in die Buchhandlung geht. Und die öffnet Punkt neun Uhr. Panik kriecht meinen Nacken hinauf und ich fange an zu schwitzen. Oje, oje, hoffentlich ist nichts mit Oma Brille. Womöglich hat sie die Operation doch nicht so gut überstanden, wie es den Anschein hatte.

Ich bin gerade im Begriff durchzudrehen, da taucht der schlaksige Herr Pelkin aus dem Sekretariat in der Halle auf und fragt:

»Wer von euch ist Lilly Wunderbar?«

»Äh ... ich«, krächze ich, während mir das Herz langsam in die Hose rutscht.

»Hast du die Nachricht deiner Mutter nicht erhalten?«, erkundigt er sich.

»Ähm ... Welche Nachricht?«

Er macht eine abwinkende Geste. »Also nicht«, brummt er. »Die Sachen lagern bei uns im Kühlschrank. Du möchtest sie bitte dort abholen.«

Mein Herz flutscht an seinen angestammten Platz zurück und macht einen erleichterten Hüpfer.

»Bestimmt hat sie dir eine SMS geschickt«, raunt Yassi mir zu, während wir Herrn Pelkin hinterhereilen.

Na klar! Mama weiß schließlich nicht, dass mein Handy im Augenblick einen anderen Besitzer hat. Bei dem Gedanken, dass Luis und Malte meine sämtlichen Nachrichten lesen und womöglich auch die Anrufe entgegennehmen, wird mir ganz anders zumute, und plötzlich bereue ich es, dass ich das Kleiderfoto nicht wenigstens auf meinen Laptop übertragen habe.

Als wir ins Sekretariat treten, ist die Büroleiterin, Frau Zurlitz, gerade dabei, eine große Schüssel mit Kartoffelsalat und zwei kleinere mit Frikadellen und Miniwürstchen auf den Empfangstresen zu stellen.

»Vielen Dank«, sage ich. »Wenn Sie mögen, dürfen Sie sich gleich sehr gern auch etwas abholen.«

Frau Zurlitz und Herr Pelkin nehmen unser Angebot lächelnd an, und Yassi und ich flitzen mit den Schüsseln in die Eingangshalle zurück. Busra hat inzwischen Pappschälchen, Plastikgabeln und Servietten an beiden Tischenden bereitgelegt. Wir müssen also nur noch auf den Schlussgong warten.

»In fünf Minuten ist es so weit«, flüstere ich.

»Ja.« Yassis Stimme klingt ein wenig rau. Und ziemlich blass um die Nase ist sie außerdem.

»Ihr werdet sehen, es wird ganz toll«, spricht Busra uns gut zu. Zärtlich streicht sie über Yassis leuchtend blaues Kopftuch und küsst sie auf beide Wangen. »Ich verzieh mich jetzt mal aus der Schusslinie, aber ich bleibe immer in der Nähe«, verspricht sie.

Während Busra in Richtung Eingangstür geht, postieren Yassi und ich uns hinter dem Buffet-Tisch. Und dann ertönt auch schon der Gong.

Einige quälend lange Sekunden ist es totenstill und dann scheinen plötzlich sämtliche Klassentüren gleichzeitig aufzufliegen. Johlen, Lachen, Jubel und eifriges Geplapper gefolgt von lautem Fußgetrappel rollt wie eine große Welle auf uns zu und kurz darauf erscheinen die ersten Pickel ... äh, Schüler.

Sie stutzen, als sie uns und den Buffet-Tisch erblicken, sehen sich schulterzuckend an und nähern sich nach einem kurzen Zögern schließlich neugierig.

»Möchtet ihr etwas von unseren deutsch-türkischen Spezialitäten probieren?«, frage ich, und Yassi wiederholt die gleiche Frage auf Türkisch.

»Was hast du gesagt?«, fragt ein Junge mit hellen Strubbelhaaren.

»Das gleiche wie ich, bloß auf Türkisch«, antworte ich.

»Ach so«, sagt der Junge.

Er greift nach einer Falafel und ein Mädchen füllt sich Kartoffelsalat, eine Frikadelle und ein paar Oliven in eine Pappschale.

»Wieso trägst du ein Kopftuch?«, fragt sie. »Schreibt dein Gott dir das vor?«

»Nein«, erwidert Yassi. »Aber das Kopftuch gibt mir das Gefühl, mit ihm verbunden zu sein und von ihm beschützt zu werden.«

»Ich finde, du siehst wunderhübsch damit aus«, sagt eine zierliche Fünftklässlerin und strahlt Yassi an, als wäre sie eine Königin.

Innerhalb weniger Minuten sind wir von Schülern aus sämtlichen Jahrgangsstufen umringt und haben alle Hände voll damit zu tun, die Speisen zu erklären, Pappschalen zu füllen und Fragen zu beantworten.

In jeder freien Sekunde recke ich den Hals, um nach unseren Klassenkameraden Ausschau zu halten. Doch die vielen Schüler um uns herum verdecken den Blick in die Gänge, und plötzlich befürchte ich, dass ausgerechnet jene, um die es uns am meisten geht, womöglich gar nichts von unserer Aktion mitkriegen.

»Yassi, mach was!«, raune ich meiner Freundin zu. »Sie kommen nicht!«

Sie sieht mich kurz an und nickt. Dann holt sie tief Luft und im nächsten Moment schallt die Stimme unserer Schulleiterin durch die Halle.

»Die Schülerinnen und Schüler der sechsten Klassen möchten bitte zum Spezialitätenstand im Eingangsbereich kommen!«

Dem Jungen mit den hellen Strubbelhaaren fällt fast die Falafel aus der Hand. »A-ber ...«, stammelt er. Mit halb offen stehendem Mund glotzt er Yassi an. »Das war doch die Stimme von Frau Traube-Bömmelein!«

»Nee, das war ich«, sagt Yassi und zwinkert ihm zu.

»Mach das noch mal«, bettelt der Junge, und im nächsten Moment brabbeln alle durcheinander.

Ein Mittelstufenschüler pfeift durch die Zähne, und ein Mädchen mit kurzen schwarzen Locken reckt ihren Daumen in die Luft und meint: »Echt genial!«

Plötzlich übertönt die Stimme von Frau Schönerscheidt das allgemeine Gebrabbel, und diesmal kommt sie nicht aus Yassis Mund, sondern tatsächlich von unserer Klassenlehrerin.

»Lasst uns bitte mal vorbei!«, ruft sie.

Eine Schneise tut sich auf und Frau Schönerscheidt bahnt sich ihren Weg auf unseren Tisch zu. In der Hand hält sie eine Klarsichtfolie mit einem weißen Blatt Papier darin und im Schlepptau hat sie die Pissnelken, Lena, Björn-Dakota, Bent und Jannik.

»Das war eine ganz wunderbare Idee!«, zwitschert unsere Klassenlehrerin und lächelt Yassi und mich total übertrieben an. »Sie hätte glatt von mir sein können.«

Ja klar, denke ich und lächele höflich zurück.

»Ich bringe dir dein Zeugnis, Lilly«, fährt Frau Schönerscheidt fort, »das im Übrigen sehr, sehr gut ausgefallen ist. Yasemin, du bekommst deins dann von deiner alten Schule mit der Post zugeschickt«, richtet sie sich anschließend an Yassi. »Nach allem, was wir in der kurzen Zeit, in der du bei uns bist, von dir gesehen haben, bin ich jedoch davon überzeugt, dass auch du sehr zufrieden mit deinen Leistungen sein kannst.«

Während meine Klassenlehrerin mit Yassi spricht, wedelt sie mir mit meinem Zeugnis vor der Nase herum.

»Vielen Dank«, sage ich, nehme es ihr aus der Hand, werfe einen kurzen Blick darauf und lasse es dann hastig in der Ablage unter dem Tisch verschwinden.

Frau Schönerscheidt wünscht uns schöne Ferien und stöckelt in Richtung Lehrerzimmer davon.

»Ich finde Kopftücher voll dämlich«, sagt Kristina abfällig und schnippt eine Olive gegen Yassis Bauch. »Da drunter schwitzt man sich ja tot.«

»Wieso?«, gibt Yassi mit Maries Stimme zurück. »Ich lebe doch noch.«

»Pff!«, schnappen die Pissnelken im Terzett, wirbeln herum und rauschen mit hoch erhobenen Nasen davon.

Jannik und Björn-Dakota grinsen breit.

»Cool«, sagt BD anerkennend zu Yassi, und die antwortet prompt mit seiner Stimme: »Danke schön.«

»Krass«, meint Jannik kopfschüttelnd. »Damit könntest du glatt im Fernsehen auftreten.«

Mittlerweile haben sich noch weitere Schüler aus unserer und der Parallelklasse zu uns gesellt, darunter Ole und Ann-Kathrin, Niklas, Akin und Fuat.

Sie alle futtern sich kreuz und quer durch das Buffet und staunen, wie perfekt Yassi ihre Stimmen imitiert. Die Einzige, die sich nicht blicken lässt, ist Blümchen. Nach einer Weile bangen Wartens fasse ich mir schließlich ein Herz und frage Björn-Dakota, ob sie heute überhaupt im Unterricht gewesen sei.

»Ja, war sie«, bestätigt er und fügt dann vorsichtig hinzu. »Ihr habt euch doch nicht etwa meinetwegen gestritten?«

»Quatsch«, sage ich. »Mach dir mal keine Sorgen.«

»Hm, schade eigentlich«, murmelt Björn-Dakota, fischt sich hastig das letzte Miniwürstchen aus der Schüssel, brummelt etwas, das sich wie »schöne Ferien« anhört, und flitzt davon.

Kopfschüttelnd schaue ich ihm nach – und da sehe ich sie: Blümchen, die sich im Schutz des Kellertreppenabgangs herumdrückt und zu uns rüberschielt. Für einen Sekundenbruchteil verhaken sich unsere Blicke. Mein Herz macht einen Riesensatz bis in meinen Hals hinauf, und ich bin kurz davor, ihren Namen zu rufen, da wendet sich Blümchen hastig ab und huscht auf die Eingangstür zu.

Yassi, mach was!, denke ich verzweifelt, stupse meine türkische Freundin aber nur an, und im selben Moment höre ich sie auch schon.

»Ich hab euch beide gern«, brüllt sie mit Blümchens Stimme quer durch die Eingangshalle. »Dich und Yassi-Yasemin.«

Blümchen zuckt zusammen, als hätte sie jemand in den Rücken gepikt. Langsam dreht sie sich um und starrt uns an.

»Komm«, forme ich lautlos mit den Lippen, hebe die Arme und winke sie zu uns herüber.

Doch Blümchen rührt sich nicht. Wie mit dem Boden verwachsen steht sie da und guckt mich nur an. Am liebsten würde ich zu ihr laufen, aber auch meine Muskeln gehorchen mir nicht. Zu groß ist die Angst, dass sie einfach davonrennt.

»Na, komm schon!«, ruft Yassi mit meiner Stimme. »Wir können deine Hilfe gebrauchen!«

Und da – endlich! endlich! – setzt Blümchen sich in Bewegung. Langsam nähert sie sich dem Buffet-Tisch. Ihr Gesicht ist blass und ihre Miene unergründlich. Ich rechne mit allem, sogar damit, dass sie mir oder Yassi eine runterhaut. Und dann steht sie plötzlich neben mir und fragt: »Okay. Und was soll ich tun?«

Eine gute Viertelstunde später sind alle Schüsseln und Teller ratzekahl leer gefuttert. Frau Zurlitz und Herr Pelkin hatten Glück, dass sie überhaupt noch etwas abbekommen haben.

»Na, das nenne ich mal einen vollen Erfolg«, sagt Busra, die sich inzwischen wieder zu uns gesellt und mit dem Aufräumen begonnen hat. »Wenn die Imbiss-Eröffnung nur halb so viel Zulauf hat, können wir sehr zufrieden sein.«

»Bestimmt«, sage ich. »Die Sachen sind doch total lecker.«

»Hast du überhaupt etwas probieren können?«, fragt Busra.

»Klar. Eine halbe Falafel und ein bisschen von dem Lauchstrudel.«

»Das nennen wir Börek«, sagt Yassi. »Und das bieten meine Eltern dann im Imbiss auch noch mit anderen Füllungen an.«

Ihr Blick fällt auf Blümchen, die sofort wegguckt und

hektisch ein paar Plastikgabeln und den Rest der Pappschalen zusammenrafft.

Eine ganz komische Stille entsteht, die wie eine dicke Wolke voller Unsicherheit und Anspannung auf uns niedersinkt.

»Okay ... ich bringe dann schon mal ein paar Tüten zum Auto«, meint Busra.

Sie nickt uns noch einmal kurz zu, ehe sie in Richtung Tür verschwindet und uns allein unter dieser schrecklichen Wolke zurücklässt. Ich habe das Gefühl, kaum noch richtig atmen zu können, und überlege fieberhaft, was ich sagen soll, da platzt es aus Blümchen heraus: »Es tut mir so leid. Wirklich.«

»Schon gut«, krächze ich.

»Keine Ahnung, was mich geritten hat ... Yassi, ehrlich!«

Ich starre Blümchen an und wieder einmal springt mir das Herz bis in den Hals hinauf. Yassis Stirn ist tief gerunzelt. Stumm guckt sie auf die bunte Tischdecke und schüttelt kaum merklich den Kopf.

Ich bin mir nicht sicher, ob ich wirklich begriffen habe ... ob es tatsächlich so ist, wie ich jetzt denke, und suche wieder einmal nach den passenden Worten, da bemerke ich aus den Augenwinkeln, wie sich jemand in der Eingangstür an Busra vorbeiquetscht und auf uns zugerannt kommt.

Es ist Luis mit hochrotem Gesicht und völlig aus der Puste.

»Ein Glück, du bist noch hier« keucht er und legt mein Handy etwas unsanft vor mich auf den Tisch. »Ich habe

Malte gesagt, ich hätte es verloren.« Für einen Sekundenbruchteil treffen sich unsere Blicke. »Danke übrigens.«

»Äh ...« Ich bin so verdattert, dass ich das Sprechen nun nahezu komplett verlernt habe. »Warum? ... Woher ...?«

Luis erreicht dieses Gestammel allerdings nicht mehr, denn der ist schon wieder über alle Berge.

»Woher weiß der, dass ich hier zur Schule gehe?«, bringe ich schließlich hervor.

»Er wird es irgendwie herausgefunden haben«, meint Yassi schulterzuckend.

»Was hat das ... zu bedeuten?«, fragt Blümchen stockend. »Wieso hat Luis dein Handy?«

»Er und Malte haben es mir abgenommen«, erwidere ich. »Wahrscheinlich wollten sie das Foto löschen. Das hatte ich aber schon längst getan.«

»Welches Foto?«, will Yassi wissen.

»Ach, das ist eine lange Geschichte«, entgegne ich abwinkend.

»Die du mir nicht erzählen magst?«

»Doch, doch ... natürlich ...«, beginne ich, werde aber sogleich von Blümchen unterbrochen.

»Wann haben sie dir das Handy geklaut?«, fragt sie aufgeregt.

»Weiß nicht mehr genau ... Irgendwann letzte Woche.«

Blümchen schluckt. »Dann hast du meine Nachricht also gar nicht bekommen.«

»Welche Nachricht?«

Blümchen schluckt noch einmal. Sie schluckt und

schluckt und schluckt. »Dass ich Yassi … dass ich das war … mit den Zetteln … und dass mir das total leidtut und … und dass ich hoffe, dass du mir verzeihen kannst, weil du mich immer so finster angesehen hast … und Yassi auch und …«

Ihre Augen füllen sich mit Tränen und einen Lidschlag später hängt sie schluchzend an meinem Hals.

»Ich hatte solche Angst, dass du sie lieber magst«, jault Blümchen in mein T-Shirt. »Dass ich dich als Freundin verliere, und da hatte ich plötzlich so einen Hass auf sie, obwohl ich sie eigentlich auch total gern mag.«

Einen Moment lang stehe ich stocksteif da, dann lege ich zögernd meine Hände auf ihren Rücken.

»Du bist eine selten blöde Kuh, weißt du das eigentlich?«, meckere ich los. »Wie ich das finde, muss ich dir ja wohl nicht erklären! Damit hast du alles nur noch schlimmer gemacht. Du hast Yassi verletzt und mich auch! Und wenn du denkst, dass ich dich nicht vermisst habe, dann …«

»Ich verzeihe dir«, sagt Yassi leise mit meiner Stimme in meine Schimpfkanonade hinein. »Und ich dir auch«, fügt sie mit ihrer eigenen hinzu. Sanft schlingt sie ihre Arme um Blümchen und mich.

»Das war eine coole Aktion«, fährt sie fort. »Und ich bin sehr froh, dass wir jetzt vielleicht sogar zu dritt befreundet sein können.«

»Vielleicht?«, frage ich empört.

»Nein«, meint Yassi und lächelt mich an. »Ganz bestimmt.«

»Du meinst wie die Pissnelken?«, schnieft Blümchen.

»Lieber so wie Lilly, Blümchen und Yasemin«, sagt Yassi. »Total multikulti.«

»Du bist auch cool, weißt du das?«, murmelt Blümchen und wischt sich die Tränen aus dem Gesicht. »Wie du das machst mit deiner Stimme. Wahnsinn!«

Ja, dieses Talent eröffnet uns in der Tat ungeahnte Möglichkeiten – zum Beispiel im Hinblick auf Luis und Malte.

Überglücklich drücke ich Blümchen und Yassi an mich. Eines ist nämlich jetzt schon sicher: Das werden die tollsten Sommerfeien meines Lebens!

Patricia Schröder

Lilly

Lilly –
Total verrückt
und auch ganz anders
Band 1, 224 Seiten,
ISBN 978-3-570-15810-4

Lilly –
Lampenfieber
und kein bisschen leise
Band 2, 256 Seiten,
ISBN 978-3-570-15848-7

Lilly –
Voll verknallt
und ziemlich crazy
Band 3, 256 Seiten,
ISBN 978-3-570-17179-0

10324_3

Patricia Schröder
Plötzlich Zwilling

180 Seiten ISBN 978-3-570-22119-8

Lisa und Antonie sind wie Tag und Nacht, wie Fisch und Fahrrad. Unterschiedlicher als die beiden können zwei Mädchen nicht sein. Und doch gehören sie zusammen wie die Schokolade zum Schokokuchen. Die beiden sind Zwillingsschwestern – nur wissen sie nichts voneinander, bis zu dem Tag, als sie sich zufällig kennenlernen und einem lange gehüteten Familiengeheimnis auf die Spur kommen.

5467

cbj

www.cbj-verlag.de

Dagmar H. Mueller

Die Chaosschwestern

Vier Schwestern + x Geheimnisse
= 100 % Gute-Laune-Garantie

Verträumt und ruhig liegt die alte Villa da. Aber nicht mehr lange! Die Schwestern Tessa, Livi, Malea und Kenny halten Einzug – und mit ihnen quirlig-buntes Chaos. Die vier haben alsbald ihre Fangemeinde in der Nachbarschaft gefunden, sodass hastdunichtgesehen ein verrücktes Huhn, der beste Geheimclub aller Zeiten und ein spanisches Geheimnis zum Haushalt gehören. Und damit geht es erst richtig los!

Die Chaosschwestern legen los!
256 Seiten, ISBN 978-3-570-22224-9

Die Chaosschwestern sind unschlagbar!
256 Seiten, ISBN 978-3-570-22231-7

Die Chaosschwestern starten durch!
240 Seiten, ISBN 978-3-570-22357-4

Die Chaosschwestern voll im Einsatz!
240 Seiten, ISBN 978-3-570-22463-2

Die Chaosschwestern sind die Größten!
240 Seiten, ISBN 978-3-570-22549-3

40122_5

cbj

www.cbj-verlag.de